AMOUR

TATOUEURS CHICAGO SUD

Tatoueurs Chicago Sud
MEN OF INKED®

Manœuvre

Confluence

Accro

Tumulte

Amour

MENTIONS LÉGALES

Édition : Bliss Ink & Chelle Bliss
Publié le 2021
Éditeur : Silently Correcting Your Grammar
Traduit de l'anglais par : Well Read Translations

Papi,

Ce livre parle de l'amour et de la famille. Je n'ai jamais connu quelqu'un qui aime sa famille et sa femme avec autant de force que toi. Même après soixante-huit ans de mariage, tu regardes mamie avec des yeux pleins d'amour. Tu m'as montré comment aimer et pour cela, je te vouerai une reconnaissance éternelle.

Je t'aime, papi.

Chelle

À vrai dire, toutes les personnes de ma famille m'ont montré ce qu'est l'amour. Je n'aurais pas pu naître mieux entourée. Ma famille est une bénédiction et j'ai le cul bordé de nouilles !

PROLOGUE
ANGELO

LA SEULE CONSTANTE dans la vie, c'est le temps. Chaque seconde mène à la suivante et les minutes qui s'enchaînent deviennent des heures, puis des jours, et ainsi de suite. Plus on avance en âge, plus les années passent vite pour finir par se fondre dans un méli-mélo sans fin de souvenirs et de moments qu'on ne pourra jamais revivre.

On est impuissant face à la progression du temps, incapable de repousser le moment où notre vie s'éteindra et où notre temps dans ce monde prendra fin.

Je ne sais pas ce qu'il se passe une fois qu'on a rendu notre dernier souffle. Ma foi, ma croyance en quelque chose d'autre, en quelque chose de plus grand, a disparu le jour où Marissa a fermé les yeux pour toujours. Il est difficile de croire en quelque chose de bien, en quelque chose de mieux, quand la personne que vous aimez vous est arrachée en un instant.

Le temps qui continuait à s'agiter autour semblait s'être arrêté pour moi, figé. J'étais comme dans un coma sans fin ; je pouvais voir et entendre, mais j'étais incapable

1

de prendre part ou de ressentir quoi que ce soit en dehors des ténèbres.

Pendant des années, j'ai cru que tout espoir de bonheur était mort, que mon univers s'était effondré. Je pensais ne jamais pouvoir sortir de l'obscurité.

Bien sûr, à l'extérieur, je faisais bonne figure. Je devais m'occuper de mes deux petits enfants. Ils étaient les petits vestiges de ma femme que je ne pouvais pas ignorer. Alors, j'affichais un sourire sur mon visage et faisais de mon mieux pour ne pas passer pour un salaud quand tout ce que je ressentais à l'intérieur n'était que rage et douleur.

Mais quand j'ai rencontré Tilly, cette adorable fille du sud au rire contagieux et au doux sourire, tout a changé.

Je ne me serais jamais cru capable de tels sentiments à nouveau. Je n'aurais jamais pensé que mon cœur pourrait s'emballer à cause d'un simple regard, ni que mes sens pourraient s'enflammer au moindre contact.

Tilly a chassé les ténèbres et a relancé la roue du temps pour me permettre d'exister à nouveau. Grâce à elle, j'ai cessé d'être bloqué, voué à regarder la vie passer à côté de moi...

J'étais enfin vivant à nouveau.

J'étais là, bien présent, à chaque instant... pour les petites choses de la vie et pour les grandes.

Elle ne m'a pas seulement offert l'amour – elle m'a offert la vie.

CHAPITRE 1
ANGELO

— C'EST l'enterrement de vie de garçon le plus nul de tous les temps.

Vinnie écrase sa canette de bière dans la paume de sa main. Visiblement, il s'ennuie et ne fait aucun effort pour le cacher.

J'ai l'impression d'avoir rabâché le sujet avec Vinnie des millions de fois. Je ne voulais pas d'enterrement de vie de garçon. J'en avais vécu un avant d'épouser Marissa et c'était largement suffisant. Mais il a pleurniché, se plaignant qu'il était trop jeune pour sortir sans nous et passer à côté d'une soirée mémorable. J'ai donc accepté pour lui faire plaisir. Et puis, toutes les occasions de rassembler la famille sont bonnes à prendre.

— Ferme-la, lui dit Lucio en lui donnant une claque sur l'épaule avant de lui tendre une autre bière. Contente-toi de boire et de te taire. Ce que tu peux être pleurnichard, ces temps-ci !

— Et toi, ce que tu peux être mou… lui répond Vinnie en ouvrant sa canette tout en secouant lentement la tête. Je

5

n'aurais jamais cru te voir un jour devenir une telle baltringue.

Je pouffe dans la mousse de ma bière pour ne pas rire ouvertement de leur bêtise. Ils ne valent pas mieux l'un que l'autre. Bon sang, je ne vaux pas mieux moi-même, mais je n'essaie pas de prétendre le contraire, contrairement à eux.

Lucio s'esclaffe.

— C'est à mourir de rire, venant de toi ! Bianca te tient complètement par les couilles.

Le regard de Vinnie s'assombrit.

— C'est faux.

Il avale une gorgée de bière et s'essuie les lèvres du dos de la main.

— Putain, dit-il en grimaçant, c'est peut-être vrai. Qu'est-ce qui nous est arrivé, bordel ? demande-t-il en jetant un regard circulaire autour de la table où on est assis à attendre l'arrivée des autres invités.

Je ne peux pas effacer le sourire stupide que j'ai sur le visage. Vinnie et Lucio m'ont tellement cassé les oreilles, du temps de Marissa. Pendant des années, j'ai dû écouter leurs conneries et la promesse qu'ils faisaient de ne jamais aimer personne au point de se caser et de devenir des hommes domestiqués comme moi.

— C'est l'amour, dit Leo avant de porter son bourbon à ses lèvres. L'amour fait de drôles de trucs à nos cerveaux.

Ah, Leo... Il ne parle jamais beaucoup. D'habitude, quand on est en famille, il est très discret ; probablement qu'il se sent encore la plupart du temps comme un étranger. Le passé en dents de scie entre nos pères complique tout, y compris sa capacité à s'ouvrir à nous et à se sentir l'un des nôtres. Mais petit à petit, le mur qu'il a érigé s'effrite quand même. Le fait que Daphne soit si casse-couilles n'y est pas pour rien : elle lui rabâche de passer à autre chose avec ces conneries parce que tous les autres l'ont déjà fait depuis longtemps.

— Non, répond Vinnie en passant son pouce sur les gouttelettes qui perlent sur sa canette. Ce sont nos bites. C'est là où l'amour commence.

Mon petit frère a une vision du monde très différente de la nôtre. Évidemment qu'il pense que l'amour commence dans sa bite. Tout tourne autour de sa bite. *Tout.*

— L'amour commence dans nos bites ? demande Lucio en le fixant avec incrédulité, les sourcils haussés.

Vinnie passe ses doigts dans ses épais cheveux bruns et soupire.

— Bien sûr, crétin. Tu ne tombes pas amoureux d'une fille qui ne te fait pas bander. Tu vois le truc ? Elle doit te donner des sensations ici, dit-il en attrapant son paquet avant de faire glisser sa main jusqu'à sa poitrine. Avant de les sentir ici…

Tout le monde à table se met à rire. Ce qui me fait marrer, ce ne sont pas ses mots car ils ont une part de vérité ; c'est d'entendre mon frère parler d'amour.

Je n'aurais jamais cru voir le jour où il arriverait ne serait-ce qu'à envisager de se caser. Et le voilà fiancé avec un bébé en route, même s'il fait de son mieux pour cacher la grossesse.

J'ai pourtant su reconnaître les signes. Le plus flagrant, c'est que Bianca n'a plus bu une goutte d'alcool au bar après qu'ils ont annoncé leurs fiançailles. Allô, quoi ! C'est l'indice le plus révélateur. Personne n'arrête de boire tout à coup, à moins d'être malade, enceinte ou en plein carême.

Son corps a aussi un peu changé, ces quelques derniers mois, comme celui de Marissa quand elle était enceinte de Tate puis de Brax.

— Eh bien… dit Lucio avant de rester un moment les yeux baissés sur sa bière. Je n'avais jamais vu ça sous cet angle.

— Ce n'est jamais avant d'avoir ta queue au fond d'une nana qui gémit ton nom que tu te dis… commence Vinnie avant de s'animer en ouvrant ses bras en croix. Putain ! Je suis amoureux !

— Tu es tellement romantique, marmonne Leo, la bouche contre son verre, en le regardant par en-dessous.

— Tu as déjà aimé quelqu'un sans l'avoir baisé, Leo ? demande Vinnie, mais il se met à grimacer à ses propres mots.

Le fait qu'il soit en train de parler de notre sœur a dû finalement lui péter à la gueule. Quel idiot…

— Tu as déjà aimé quelqu'un qui ne t'attirait pas ? demande-t-il en se corrigeant parce qu'aucun de nous ne peut supporter l'idée de Daphne baisant avec qui que ce soit, pas même avec son propre mari.

Leo secoue la tête.

— Je n'ai aimé qu'une seule femme dans ma vie.

— Et tu le dis au passé ? dis-je en le prenant au mot pour le faire marcher, parce que c'est si facile.

— Tu sais ce que je veux dire, bordel. Quel enfoiré ! Je suis fou d'amour pour cette merveilleuse folle. Je ne pourrais jamais aimer une femme, aussi belle soit-elle, comme je l'aime elle.

Je sais qu'il dit vrai. Cet homme a risqué sa vie pour être avec Daphne. Je connais peu d'hommes capables d'aller aussi loin pour être avec une femme. Quand il l'a fait, j'ai su qu'il aimait vraiment ma sœur et pour ça, il a tout mon respect.

— Je ne sais pas comment tu fais pour la supporter au quotidien. C'est la reine des casse-couilles, dit Lucio en levant sa bière vers Leo. Tu mérites la médaille du Mari de l'année, ou une connerie du genre.

— Je ne voudrais pas qu'elle change d'un iota.

Il paraît qu'il y a une âme sœur pour chaque personne… À croire que c'est vrai, parce qu'il n'y a pas beaucoup d'hommes au monde qui seraient capables de supporter une emmerdeuse aussi spectaculaire et autoritaire que Daphne.

— Même quand elle est… commence Vinnie puis, sa voix reste en suspens.

À ce que je vois, pour une fois, il choisit ses mots.

— Ne finis pas cette phrase, le prévient Leo.

Il est toujours prompt à la défendre, même envers nous.

— Mais où est-ce qu'ils sont, putain ? demande Vinnie, faisant bien de changer de sujet avant que Leo ne s'énerve.

Je m'appuie contre le dossier de ma chaise et regarde ma montre avant de répondre :

— Leur avion est arrivé il y a une heure. Avant de nous rejoindre, ils devaient déposer les femmes chez moi, passer prendre les enfants avec oncle Sal et tante Mar et les amener à l'hôtel.

— Peut-être qu'ils ne viendront pas, dit Vinnie en haussant les épaules et en regardant vers l'entrée. On peut toujours y aller sans eux.

— Ils viendront, lui dis-je parce que je n'irai nulle part sans eux.

Le « ils » auquel on fait allusion désigne nos cousins de Floride. Étant donné qu'ils n'ont pas pu tous venir au mariage de Lucio, c'est la première fois depuis des années que le gang des Gallo va être réuni en entier. On vivait tous ensemble jusqu'à ce que mon oncle Sal déracine sa famille et se fasse la malle pour aller vivre au soleil, dans le sud.

Je me demande à quel point ça aurait changé la donne, s'ils étaient restés par ici. J'ai toujours été proche de mes cousins, mais on avait constamment des ennuis. Je suis sûr que c'est pour ça qu'ils ont déménagé, et puis mon oncle répugnait de voir mon père salir notre nom en faisant la une des journaux encore et encore.

Avant que Vinnie se remette à râler, la porte du bar s'ouvre et la troupe hétéroclite fait son entrée.

— Ma douce, on est à la maison ! annonce Mike en se tenant bien droit.

Il dépasse tout le monde d'une tête. Il a l'air d'aller bien, il a meilleure mine que la dernière fois où je l'ai vu. Bien qu'il ait quitté le ring, il a gardé la forme et paraît plus balèze que jamais.

J'ai suivi sa carrière de boxeur du mieux que j'ai pu. Nos pères ne se parlaient plus, en ce temps-là, mais pour autant, ça ne voulait pas dire que je ne lui souhaitais pas d'accomplir de grandes choses. Et c'est ce qu'il a fait. Il a remporté un titre, s'est marié, a fait quelques enfants. Il a l'air heureux. Épanoui. Il a sur son visage le même air que j'ai grâce à Tilly.

Lucio est le premier à se lever. Il marche à la rencontre des cousins en ouvrant les bras.

— Bande d'enfoirés. Je commençais à douter de voir vos sales gueules.

— Arrête tes conneries, dit Joe en repoussant Lucio qui tente de le prendre dans les bras. On n'aurait raté ça pour rien au monde.

Joe ne vieillit jamais, à croire qu'il est éternel. Cet homme a toujours été vif, plus vif que moi, c'est pour dire. Il a juste quelques cheveux gris sur les tempes, sans doute parce qu'il a des filles en âge de fréquenter des garçons.

Vinnie se lève quelques secondes après Lucio, tout excité qu'il est de rencontrer les cousins. À l'époque, il était trop jeune pour sortir avec eux.

— Hey, leur lance-t-il en haussant le menton vers eux, essayant toujours de paraître le plus cool du lot.

— Le voilà ! dit Mike en attrapant Vinnie pour le soulever du sol comme s'il n'était pas la montagne qu'il est. Le petit enfoiré qui est devenu un putain de joueur de foot et tout le bordel !

À la base, Mike était le nigaud de la famille. On riait de lui jusqu'à ne plus pouvoir respirer. Il était tellement ringard et lèche-cul ! Il nous a donné de quoi rougir quand il a grandi, qu'il s'est épaissi et a fini par devenir champion de boxe. Là, on a tous arrêté de rigoler.

— Putain, mec, je ne peux plus respirer ! lâche Vinnie

entre ses dents tout en essayant de se dégager de son étreinte d'ours, mais Mike ne veut rien savoir.

C'est rigolo de voir quelqu'un d'aussi balèze que Vinnie, si ce n'est plus, être tenu dans les bras comme s'il n'était qu'une poupée de chiffon. Dès qu'il a eu seize ans, plus aucun d'entre nous n'avons pu rivaliser physiquement avec ce gosse, parce qu'il se développait à une vitesse effarante.

Ignorant les plaintes de Vinnie, Mike le serre de plus belle et le soulève encore plus haut.

— Pauvre chéri, marmonne-t-il en reposant Vinnie par terre.

— Je t'emmerde, répond Vinnie en lui donnant un coup dans l'épaule.

Mike bouge à peine. Il regarde là où Vinnie l'a touché puis dévisage mon frère.

— Est-ce que c'était censé faire mal, ton truc ?

— Est-ce que ces dames ont terminé ? demande Lucio en se moquant d'eux. Ou bien avez-vous besoin d'encore un peu de temps pour vous dorloter ?

Thomas tire une chaise vers lui, attrape un verre vide et la bouteille de whisky.

— C'était le plus long vol de toute ma vie, grommèle-t-il en regardant James.

— À entendre les enfants se chamailler, on croirait qu'ils sont tous frères et sœurs, ajoute James en s'asseyant à côté de son beau-frère avant de lui tendre un autre verre vide, ayant clairement besoin de boire un coup. Mes oreilles bourdonnent encore de toutes leurs jérémiades.

James et Thomas sont très proches, plus comme des frères de sang que par des liens de mariage, car ils ont travaillé ensemble comme agents secrets à la DEA avant d'ouvrir leur propre agence de détectives privés. Ils sont tous les deux très impressionnants et je ne m'y frotterais pas s'ils n'étaient pas de ma famille. Jetant un regard circulaire dans la salle, je demande :

— Qui aurait cru qu'on se retrouverait tous ici ? Putain, sûrement pas moi.

On était vraiment des emmerdeurs, quand on était gosses. Incontrôlables. On avait beau être plus jeunes qu'eux, ça ne nous empêchait pas de faire des conneries et de causer des problèmes. Oh non. Ce n'était pas notre genre, de se tenir à carreaux. On était des gosses de quartier, de la mauvaise graine. On jouait dans les ruelles, on se salissait les mains.

— Je n'aurais pas parié qu'on atteigne tous notre âge, dit Joe en tirant une chaise sur le sol, ce qui fait un bruit atroce, avant de l'enfourcher à l'envers. Qu'est-ce qu'on a pu faire les cons !

— Pas moi, dit Mike.

Techniquement, il a raison. Il n'a pas trempé dans nos embrouilles, parce qu'il était trop occupé avec les entraînements sportifs pour daigner venir jouer avec nous. Il ajoute :

— J'étais trop occupé.

Anthony lève les yeux au ciel.

— Tu n'étais rien qu'un lèche-cul. Et tu l'es toujours. Tu voulais être dans les petits papiers de Ma et Pop. Tu t'es toujours cru supérieur à nous.

Je n'en reviens toujours pas qu'Anthony se soit posé, qu'il ait quitté son groupe de rock et soit devenu adulte. Ce type avait juré qu'il deviendrait célèbre un jour et disposerait d'une réserve inépuisable de femmes à sa disposition. Lui et Vinnie se ressemblaient tellement de ce point de vue-là, mais voilà où ils en sont : casés avec une seule et unique femme.

Mike agite sa main en l'air.

— Je le suis, affirme-t-il catégoriquement. Je n'y peux rien si je suis parfait en tous points.

Thomas fait traîner une main sur son visage en marmonnant quelque chose dans sa paume.

— Bon, passons… Est-ce qu'on va passer la soirée ici ?

Vinnie secoue la tête.

— Non. J'ai tout prévu. Notre bagnole arrive dans dix minutes, dit-il en souriant.

Je pince l'arrête de mon nez. Je regrette de ne pas avoir annulé tout ça quelques semaines plus tôt. La dernière chose dont j'ai envie, c'est de sortir faire le con la veille de mon mariage. Je me fous totalement de boire, d'aller dans des clubs de strip-tease ou autre connerie organisée par Vinnie. Et je sais qu'il va être question de conneries.

— Où allons-nous ?

Ma question est sortie avec un ton plus sévère que je ne l'aurais voulu. Je me retiens de grimacer et arbore au contraire un grand sourire pour ne pas passer pour un connard total.

— Eh bien… dit Vinnie avant de s'éclaircir la gorge pendant que je me prépare à tout. Je sais que tu n'as pas envie d'aller au club de strip-tease.

Je laisse échapper un « non » catégorique avant d'ajouter :

— Les seuls seins que j'ai envie de voir m'attendent à la maison.

— Amen, approuve Joe tandis que ses frères et les miens hochent la tête en guise d'approbation.

— Ouais, Bianca me couperait les couilles de toute façon, dit Vinnie en soupirant les yeux au plafond.

— Déjà qu'elle les tient fort, marmonne Lucio dans sa barbe à voix si basse que Vinnie n'entend rien.

Heureusement, putain.

— J'ai réservé une table dans le meilleur restaurant de la ville et ensuite on ira dans un club pour hommes.

Sans desserrer les dents pour m'empêcher de lui crier dessus, je lui rappelle :

— Mec, j'ai dit pas de boîte de strip-tease.

Il secoue la tête tranquillement.

— Je sais, ducon. Ce n'est pas ce genre de club pour hommes, dit-il en mimant des guillemets autour de ces trois derniers mots. C'est vraiment une boîte réservée aux hommes. On pourra jouer aux cartes, sortir fumer des cigares ou faire ce qu'on voudra sans avoir de femmes sur le dos.

Attirer l'attention des femmes n'aurait pas déplu au Vinnie de l'an passé. Il n'aurait jamais organisé une soirée seulement entre hommes. Jamais. Mais c'est l'effet de l'amour. Pour une fois, il ne pense plus avec sa bite, même si c'est apparemment là que son amour a commencé.

Je secoue la tête lentement.

— Elle t'a vraiment soumis, hein ?

Ça me vaut un doigt d'honneur. Il répond :

— Tu peux aller te faire foutre. Chaque type autour de cette table est soumis, d'une certaine façon.

— À moins d'être comme James, dit Morgan avec un léger rire.

Mogan m'a manqué.

Je me souviens du jour où il est parti pour le camp militaire, nous faisant au revoir de la main par-dessus l'épaule tout en se dirigeant vers l'hôtel, prêt à rejoindre l'armée. Tante Fran n'avait pas pu se résoudre à l'accompagner toute seule et au lieu de n'emmener que ma mère, elle nous avait tous empilés dans la voiture pour qu'on aille dire au revoir à notre cousin. Je n'aurais jamais cru qu'il ne reviendrait pas. J'étais persuadé qu'il serait toujours un Southsider et reviendrait dans le troupeau. Il avait l'esprit assez tourmenté, en fait, et encore plus après avoir fait partie des forces spéciales de la marine de guerre.

James lève les mains en l'air.

— Oh, non ! Ne croyez pas que c'est toujours moi qui commande. Izzy peut être dominatrice.

— Ah bon… dit Anthony en riant ; il se frotte le menton sans quitter son beau-frère des yeux. Elle peut te fouetter les fesses, elle aussi ? Ou bien est-ce qu'elle te prend sur ses genoux pour te donner la fessée ?

Je m'appuie contre le dossier de ma chaise, m'attendant à ce que ça parte en live et surtout en bagarre, vu la noirceur du regard que James lance à Anthony.

— Oh, dit Vinnie en approchant sa chaise un peu plus près de la table. C'est comme ça que vous vous amusez tous les deux ?

Il remue les sourcils, trouvant ça très drôle.

James lève le menton en se tournant pour faire face à

Vinnie de l'autre côté de la table avec un visage impassible.

— Pourquoi ne poserais-tu pas la question directement à Izzy ? Je suis sûr qu'elle se fera un plaisir de te répondre.

— James, essaierais-tu de mettre un terme à sa carrière de pro avant même qu'elle ait commencé ? demande Thomas en appuyant ses doigts sur ses tempes. Izzy le boufferait tout cru, bordel, c'est sûr !

— Izzy est un poids plume, non ? rétorque Vinnie en gloussant. Je pense que je pourrais me défendre.

Tout le monde autour de la table éclate de rire, sachant combien Izzy peut être source d'ennuis avec un grand E. Elle n'est peut-être pas bien grande, mais putain, je ne m'amuserais pas à la contrarier.

— Alors demande-le-lui, répond James avec un rictus.

— Putain, dit Vinnie en se passant la main dans les cheveux et en hochant la tête pour la jouer décontracté. Je le ferai, mec.

— Ne le fais pas, dis-je en posant une main sur le bras de Vinnie. Ne fais pas le con avec Izzy. Je ne plaisante pas. Si tu tiens un tant soit peu à tes couilles, ne lui dis rien qui puisse la fâcher.

— Arrête, répond Vinnie qui n'a pas l'air convaincu. J'ai supporté Daphne pendant des années…

— Daphne est de la crème chantilly comparée à Izzy, mon p'tit. Ne la provoque pas, ou tu te feras mordre, dit Joe à Vinnie en le menaçant du doigt pour enfoncer le clou. Je suis très sérieux. On lui a appris à se battre, et pas comme une fille. C'est une pure méridionale. Elle n'hésitera pas à te botter le cul.

— Notre voiture est là, dit Lucio en montrant la porte

d'un mouvement du menton, se levant rapidement. Dépêchons-nous, je meurs de faim.

— Roger nous rejoindra plus tard. Il a dû rester au bureau plus tard que prévu, dit Vinnie en replaçant son portable dans sa poche avant de se diriger vers la porte.

Je réponds :

— Très bien. Je suis content que mon très prochainement beau-frère se joigne à nous. Techniquement, il n'est pas du tout mon beau-frère, mais comment pourrais-je l'appeler autrement ? Il est comme un frère pour Tilly et la seule famille qu'elle ait en dehors de nous. Par conséquent, il est l'un des nôtres.

Je ferme le bar pendant que les gars s'empilent dans le mini-bus. Je suis content qu'on ait décidé de fermer quelques nuits pour célébrer ça, qu'on ait privilégié le temps à passer en famille plutôt qu'autre chose.

Dans le fond, c'est le plus important.

L'argent n'est pas primordial et le reste est hors sujet. Alors que la famille, malgré le temps qui passe, reste la seule constante.

CHAPITRE 2
TILLY

BETTY A EMMENÉ les enfants chez elle pour la nuit. Elle a dit que j'avais besoin d'une soirée entre filles avant le *grand jour*. Je lui ai répondu que je n'avais pas envie de sortir, que je préférais rester à la maison avec Brax et Tate plutôt qu'aller n'importe où ailleurs.

Mais elle n'a rien voulu savoir.

— Crois-moi, ma chérie. Un jour, tu me remercieras, m'a-t-elle dit en venant les récupérer. Tes cousines ne vont pas tarder à venir te chercher.

Cousines ? Personne ne m'a parlé de rencontrer les cousines ce soir. Je m'attendais à sortir avec Daphne, Bianca et Delilah, pour aller boire quelques martinis en riant des excentricités de nos hommes.

Apparemment, elles avaient d'autres projets et elles n'ont pas pris la peine de m'en parler.

Je savais que les mecs se retrouvaient tous et j'aurais dû me douter qu'il en serait de même pour les filles. Je les avais suppliées de ne pas faire tout un plat de cette soirée. C'est mon second mariage, après tout. Je ne suis plus une gamine impatiente de faire la fête et de me bourrer la gueule pour marquer d'une pierre blanche ma dernière nuit de liberté.

J'ai été seule bien assez longtemps.

Je me marie demain.

Je me répète ces mots en boucle tout en me changeant, puis en arrangeant mon maquillage et en coiffant mes cheveux en queue de cheval serrée. Tout ça me semble encore irréel. Jamais je n'aurais cru marcher à nouveau un jour vers l'autel. Je m'imaginais rester seule pour toujours, parce qu'aller de l'avant était trop difficile et aussi parce que le souvenir de Mitchell me hantait souvent.

Et puis, Angelo est apparu.

Cet homme, avec son beau cul, ses lèvres douces et ses mains solides, m'a fait quitter la terre ferme sans me laisser une seule chance de reprendre mon souffle. Les enfants ont fini de me faire craquer. Surtout Tate. Cette petite fille m'a conquise dès le début. Elle s'en est très bien rendu compte et elle a profité de mes sentiments pour elle, mais ça m'est bien égal.

Je lisse le dessus de mes cheveux quand j'entends la porte qui s'ouvre au rez-de-chaussée. Mes doigts se mettent à trembler et menacent d'abîmer ma coiffure. Je repousse l'assaut de panique et prends une profonde respiration en me jetant un dernier coup d'œil dans le miroir.

— Tu peux le faire, me dis-je comme si j'avais besoin d'encouragement pour me mêler aux autres.

J'ai toujours été sociable, mais il y a quelque chose de si intimidant dans le fait de rencontrer sa famille. Ma famille.

Merde, alors !

Non seulement j'épouse un homme, mais toute son immense famille italienne vient avec. Cette idée est un peu étourdissante, pour moi qui ait été seule pendant si longtemps.

— Tilly ? Mais où es-tu, bon sang ? crie Daphne dans les escaliers.

Je gesticule toujours pour ajuster les lanières de mes sandales, mais elles refusent de coopérer. Je lui réponds en criant à mon tour :

— J'arrive !

Je sautille sur un pied en essayant désespérément de ne pas tomber. Je me rattrape sur le bord du lit et m'assieds précipitamment. J'arrive par miracle à enfiler mes sandales avec mes doigts tremblants.

Je me lève en prenant une grande inspiration et vais me poster devant le miroir en pied près du placard. Ça va, je suis jolie. Non, je suis ravissante. Si seulement Angelo pouvait me voir comme ça, avec cette tenue qui me va si bien et mes cheveux coiffés comme il aime…

— Ça va bien se passer, dis-je à mon reflet dans le miroir avant de sortir dans le couloir.

Quand je descends les escaliers, je les découvre toutes rassemblées dans l'entrée, parlant et riant sans me voir arriver.

Puis, Daphne croise mon regard et me fait coucou de la main.

— La voilà, dit-elle.

Tout le monde se retourne pour me regarder et je me sens rougir.

— Salut, dis-je d'une voix aiguë, incapable de la jouer cool.

Merde.

Elles sont toutes très belles. J'aurais dû m'en douter. Ce sont des Gallo, après tout. Ou au moins des femmes mariées à des Gallo. Et quand je dis belles, je ne dis pas mignonnes ou plutôt jolies… Elles sont d'une beauté à couper le souffle.

— Voici Mia, Max, Race, Angel et Suzy, énumère Daphne en montrant du doigt chacune d'entre elles.

Je leur fais un signe de la main. Je préfère ne pas parler, histoire de ne pas avoir l'air d'une ado.

Dès que je suis à sa portée, Daphne m'attrape par la main et m'attire vers elle.

— N'est-ce pas qu'elle est parfaite ?

— Je comprends pourquoi Angelo est dingue de toi, dit une femme en repoussant ses cheveux bruns derrière son épaule. Tu as le même air innocent et doux que notre Suzy. N'est-ce pas, Rayon-de-soleil ? demande-t-elle en se tournant vers la femme blonde derrière elle.

— Izzy, tu sais bien que je ne suis pas innocente, et je parie que je ne suis pas douce non plus !

D'accord : donc l'exubérante, c'est Izzy. Angelo m'a mise au parfum à propos de sa cousine, me prévenant qu'elle était soupe au lait et une inévitable source d'ennuis. Il m'a dit qu'elle était comme Daphne, mais en plus flippante et moins tolérante.

Ensuite, il y a Suzy, qu'Izzy appelle Rayon-de-soleil. C'est vrai qu'elle a l'air douce et innocente, mais je la sais mariée au cousin d'Angelo, Joe, qui à ce qu'il paraît est un sacré dur à cuire, couvert de tatouages, qui se déplace en Harley.

Izzy s'esclaffe.

— Tu es une grosse salope, mais je me souviens d'une époque où tu n'étais pas si décomplexée !

— Oh, tais-toi ! Je ne suis pas décomplexée, répond Suzy.

— As-tu oui ou non couché avec mon frère le soir-même où tu l'as rencontré ? demande Izzy en la dévisageant, un sourire narquois dansant sur les lèvres.

J'écarquille les yeux. Je ne sais pas si je ferais mieux de me mettre à l'abri ou de rester immobile, parce qu'il y a de l'eau dans le gaz.

— Il était tellement sexy sur cette moto, et j'étais saoule.

— Tu étais aussi sobre qu'on peut l'être, l'interrompt Izzy. Ne mens pas.

Suzy resserre son cardigan blanc autour d'elle et redresse les épaules.

— Hum… Si je me rappelle bien, tu as couché avec James dès le premier soir, toi aussi.

— J'étais saoule, répond Izzy en chassant son commentaire de la main.

— C'est l'hôpital qui se fout de la charité, tranche une femme aux long cheveux ondulés et à la peau mate en les poussant toutes les deux sur le côté. Je suis Mia, la femme de Mike.

Mike, c'est le champion de boxe. Je l'ai vu en photo, il est gigantesque ; mais il a le plus doux des sourires.

— Oh, mon Dieu… Moi, je ne vais pas me présenter comme étant « la femme de », même si je suis mariée. Je m'appelle Max, déclare la femme debout à côté d'elle.

— Je suis ravie de vous rencontrer, dis-je en prenant

sur moi pour ne pas courir à l'étage m'enfermer dans ma chambre.

— La femme d'Anthony, me chuchote Daphne à l'oreille, ce qui lui vaut un haussement de sourcil de Max parce qu'elle n'a pas été super discrète, sur ce coup.

Tout ça est tellement embarrassant. Plus que je ne l'aurais cru. Je sais que je devrais faire preuve d'un peu plus d'enthousiasme. Bon sang, elles ne se gênent pas ! Mais quelque chose me pousse à enfoncer mes ongles dans les paumes de mes mains pour parvenir à ne pas m'enfuir.

— On y va ? demande Daphne avec un mouvement de tête vers la porte. La limousine attend.

— La limousine ?

Je la regarde bouche bée. Je ne suis jamais montée dans une limousine.

Tout à coup je me sens nulle, parce que je suis la seule dans la pièce que cette idée n'enchante pas le moins du monde.

Daphne acquiesce.

— Eh ben ouais. On va se bourrer la gueule, et on avait besoin d'un chauffeur attitré. Aucune de ces salopes ne compte rester sobre, dit-elle en dressant un doigt au-dessus de son épaule à l'attention des autres femmes. Donc, nous avons un chauffeur et une ville qui nous attend.

— Rien de trop déjanté, hein ?

Je hausse un sourcil à l'attention de ma future belle-sœur, parce que je commence à la connaître.

— Bien sûr, me répond-elle, moqueuse, comme s'il était complètement saugrenu de ma part d'imaginer qu'elle ait pu prévoir quelque chose de scabreux.

— J'espère bien qu'il y aura au moins quelques torses

nus, dit la rousse avant de rougir légèrement quand Suzy lui donne une claque sur le bras.

— Ce soir, c'est comme à Vegas. Ce qui arrivera restera entre nous. Compris ? dit Daphne en clouant ses cousines du regard. Je ne rigole pas. Aucune photo. Aucune vidéo. Aucun souvenir. Aucune preuve.

— J'aime ta façon de voir les choses, dit Izzy avec un sourire en coin.

Suzy lève les yeux au ciel, mais le reste du groupe hoche la tête. On n'est pas sorties de l'auberge… La soirée ne va pas se passer entre filles, on ne va pas aller au spa ni siroter du vin dans un bar discret et cosy.

Ça non.

— Où allons-nous ?

Je demande ça tout en fermant la porte à clé derrière moi, avant de les suivre vers la limousine qui nous attend.

— D'abord, on va passer chez Gavin's pour boire quelques martinis. Ensuite, on a des tickets pour un spectacle, me répond Daphne par-dessus son épaule.

— Quel genre de spectacle ?

Mon estomac se noue, parce qu'à voir le regard que Daphne me lance, il est clair qu'elle ne me dit pas tout.

— C'est une sorte de ballet.

Je répète d'un ton monotone :

— Une sorte de ballet ?

Elle hoche la tête brièvement et crochète son bras autour du mien pour me conduire jusqu'à l'élégante limousine noire.

— Où des hommes dansent.

Je m'immobilise.

— J'avais dit pas de trip-teaseurs.

— Tu avais dit pas de pénis, dit-elle en gloussant. Ils garderont le bas. Ne te fais pas tant de bile !

Elle me tire par le bras pour essayer de me faire avancer, mais je reste immobile.

— Daphne… dis-je d'une voix qui tremble.

Elle ne m'a pas du tout écoutée. Je ne sais pas comment j'ai pu croire qu'elle allait le faire. Daphne n'en fait toujours qu'à sa tête.

— On votera quand on sera au bar, ok ? Que la majorité l'emporte !

Ses mots me donnent à réfléchir un moment. Je me demande si je ne deviens pas sourcilleuse. Je ne veux pas gâcher la soirée de tout le monde. Ces femmes sont venues de si loin pour mon mariage, je ne voudrais surtout pas être celle qui fout la soirée en l'air. Mais je ne suis pas Tilly-la-déjantée. Je n'ai jamais voulu l'être.

— Quand es-tu devenue aussi prude ? me demande-t-elle, sachant très bien que je ne le suis pas.

Je souffle, agacée :

— Je ne suis pas prude.

Elle incline la tête en m'adressant un sourire narquois.

— Bien sûr que si. Ce n'est pas comme s'ils allaient balancer leurs bites sous ton nez. Il s'agit seulement de torses nus, bordel !

Au fond, je sais qu'elle a raison. Ce club est public, ce n'est pas comme s'il pouvait s'y passer des trucs salaces. Mais une part de moi n'est tout de même pas à l'aise avec l'idée de voir un inconnu à demi nu remuer son attirail devant moi.

Je demande en haussant un sourcil :

— Ton frère est au courant ?

— Bien sûr, répond-elle tout en évitant mon regard.

Je croise les bras sur ma poitrine. Les femmes dans la limousine nous observent.

— Ah, vraiment ?

— Oui. L'idée ne l'enchantait pas des masses, mais je lui ai promis qu'il n'y aurait rien d'excessif.

Je lui dis en plissant les yeux :

— Pas de danse érotique.

À ces mots, elle se met presque à danser sur place.

— Marché conclu ! dit-elle dans un cri de joie puis, se tournant vers les filles, elle lève les bras dans un geste triomphal et lance :

— De l'alcool et des bites, bande de salopes !

Une heure et deux martinis plus tard, j'ai déjà la tête qui tourne à cause de l'alcool. Me saouler est la dernière chose que je souhaite faire ce soir. Je n'ai aucune envie de marcher demain jusqu'à l'autel avec une gueule de bois et du mal à distinguer l'homme qui m'attendra devant.

— Un autre ? me demande Max en désignant mon verre vide d'un signe de tête.

Je secoue la tête, décidée à y aller mollo. Ces femmes, les cousines et mes futures belles-sœurs, peuvent très certainement enchaîner les verres sans vaciller.

— Je ferais bien de ralentir un peu, dis-je en mâchant mes derniers mots avant d'éclater d'un rire bête.

— Elle est schlass, dit Izzy qui est, d'après ce que j'ai pu voir, encore plus autoritaire que Daphne.

Elle secoue ses doigts en ajoutant :

— On ne peut pas lui saouler la gueule.

— Putain, heureusement que ton mariage a lieu tard, dit Delilah en levant son verre, me regardant à l'autre bout de la table. Je n'aimerais pas devoir me lever pour me lisser les cheveux avant que l'aube ne montre son cul.

À ses mots, je me remets à rigoler. Il est clair que je suis déjà à moitié cuite. L'alcool ne me fait pas autant d'effet d'habitude, mais je n'ai pas beaucoup mangé aujourd'hui, histoire de pouvoir rentrer dans ma robe de mariage tellement étroite demain.

— Qu'y a-t-il de si drôle ? demande Delilah en me dévisageant, faisant de petits cercles avec son verre au-dessus de la table.

— Tu as dit que l'aube montre son cul, dis-je d'une voix tonitruante avant de rire de plus belle, renâclant même un peu.

— Tu as raison, elle est schlass ! dit Mia précipitamment. Laissez-la dessaouler un peu avant de lui commander un autre verre.

Je fais rouler mes yeux sous mes paupières.

— Y a-t-il une seule Gallo qui ne soit pas autoritaire ?

— Non, répond Angel. Ce sont toutes des casse-couilles. Et les hommes, c'est encore pire.

Max frappe le bras d'Angel du dos de sa main.

— Ma fille, Thomas est un agneau à côté d'Anthony.

— Je remporte la médaille du mari le plus directif, déclare Izzy en levant la main en l'air et en se pointant du doigt. Tous vos hommes sont des agneaux.

Suzy, la jolie blonde toute joyeuse, regarde Izzy bouche bée.

— Tu crois que Joe est facile ?

Elle éclate de rire en tapant sur la table.

— Oh, James, donne-moi la fessée ! dit-elle pour la

provoquer tout en se penchant en avant pour remuer ses fesses, histoire d'enfoncer le clou.

Izzy secoue la tête.

— Je ne l'entendais pas de cette manière, et tu le sais.

Suzy s'éclaircit la gorge.

— Tu as raison. C'est plutôt du genre : « Donnez-moi la fessée, monsieur. »

Elle marque un temps d'arrêt pendant qu'Izzy la fixe au-dessus de son verre de martini, puis demande :

— Tu dis Monsieur ou Maître ?

Je hausse les sourcils. Voilà que les événements prennent une tournure intéressante. Tout à coup, mon rire s'évanouit et je suis captivée par la conversation.

— Tout dépend de mon humeur, répond Izzy en haussant les épaules.

— Tu parles… crache Max avant de couvrir sa bouche pour cacher son amusement.

Izzy pose son verre sur la table et fait glisser ses doigts le long du verre à pied.

— Comment ça, tu parles ?

— Tout dépend de comment il te *permet* de l'appeler, dit Max avec un sourire de joker.

— Oh, dit Bianca, s'intéressant tout à coup à la conversation et se tournant vers Izzy. C'est un dominateur ?

— Tu connais ces pratiques ?

Bianca balaie sa question de la main.

— J'écris des romances érotiques et je fais des recherches minutieuses pour mes livres. Minutieuses, répète-t-elle d'une voix rauque. Je connais tout de ces pratiques ou, du moins, tout ce que j'ai pu tirer de mes lectures.

— Tu as déjà mis les pieds dans un club, petite ? demande Izzy.

Bianca secoue la tête.

— Non, mais je me suis beaucoup documentée.

— Ils sont chauds ! dit Suzy, me prenant complètement au dépourvu, parce qu'elle semble si innocente qu'on croirait à peine qu'elle puisse comprendre de quoi il s'agit.

— Tu y es allée ?!

En lui posant la question, j'ai l'impression que ma bouche devient plus sèche qu'un désert. Suzy acquiesce et le rouge lui monte aux joues, ce qui ne passe pas inaperçu avec cet éclairage atroce et sa peau si pâle.

— Un des meilleurs clubs se trouve ici, à Chicago, dit Izzy. Si jamais tu veux faire des recherches en bonne et due forme, je peux t'y faire entrer.

Bianca déglutit difficilement et pose une main sur sa poitrine.

— Tu ferais ça ?

Izzy acquiesce.

— Je connais très bien le propriétaire. James et lui sont de vieux amis.

— Ça ne plairait pas trop à Vinnie ! dit Bianca en expirant bruyamment.

— Amène-le. Ça va lui plaire, dit Izzy en riant. On a tous un côté voyeur en nous.

Moi qui pensais que ces endroits étaient inventés de toutes pièces, comme la plupart des scènes de fictions... Je demande à Izzy :

— Ces clubs existent vraiment ?

— Oh que oui, putain !

Je ne peux même pas imaginer coucher avec Angelo en

public. Je ne peux pas non plus imaginer regarder d'autres gens coucher ensemble. Je ne suis pas complètement prude, et Angelo n'y est pas pour rien, mais de là à partager mon intimité avec le monde entier... Je marmonne :

— Bof...

— Les filles, je vous propose de choisir, dit-elle en rapprochant sa chaise de la table, réduisant l'espace entre nous. On peut aller voir le numéro de strip-tease ou bien aller au club. Qu'en dites-vous ?

Mia se renverse en arrière.

— Tu peux nous faire entrer ? Je veux dire... Mike me dévisserait la tête, putain.

— Ils ont une salle de voyeurisme au deuxième étage. Tu ne peux pas interagir avec qui que ce soit, mais tu peux regarder ce qu'il se passe dans les parties communes.

Tout à coup, je ne sais plus quoi dire. Je ne voulais pas assister à un strip-tease intégral, et ça n'avait rien à voir avec Angelo. Il me fait confiance implicitement et c'est réciproque. Mais de là à aller dans un lieu tel qu'un sex-club où les gens seront en train de baiser, c'est peut-être dépasser les bornes. Angelo est cool, mais tout le monde a ses limites.

— Club ! lâche Suzy.

— Strip-tease, dit Max.

— Club, dit Bianca en hochant la tête avec un clin d'œil pour Suzy.

— Club, vote Mia.

— Ni l'un ni l'autre, dis-je, ce qui me vaut un grogne-ment général et quelques jets de pailles dans ma direction, suivis des mots « rabat-joie ».

On fait un tour de table jusqu'à ce que ce soit au tour d'Izzy de trancher. Elle se frotte la nuque et reste un moment silencieuse avant de dire :

— Mon Dieu, c'est une décision si difficile à prendre. Le club est plus intime…

Je ne sais pas pourquoi ça me fait glousser. Qu'est-ce qu'il y a d'intime dans un sex-club ? Son choix de mot me paraît bizarre, mais mon rire me vaut un regard tellement sérieux que je dessaoule instantanément.

— Je pourrais faire évacuer la salle pour qu'on y soit seules. On n'aurait pas à craindre de se faire embêter.

Elle tapote ses ongles contre sa lèvre en regardant le plafond.

— Les strip-teasers sont chouettes aussi d'un autre côté, mais ils peuvent avoir les mains tellement baladeuses parfois…

— Personne ne posera les mains sur moi, dit Suzy en grimaçant. Tous ces corps trempés de sueur… Beurk.

— Pareil pour moi, dis-je, parce que je n'ai absolument pas envie que la sueur d'un homme dégouline sur moi, surtout si ce n'est pas celle d'Angelo. Je te l'avais dit, pas de strip-teasers.

Daphne se marre et chasse mon commentaire de la main.

— Bon, alors le choix est fait. On ira au club. Mais je t'en prie, dis-moi qu'ils servent à boire et que j'ai une chance de voir une bite.

Izzy sort son téléphone de sa poche et regarde Daphne droit dans les yeux.

— Ma fille, tu vas voir bien plus qu'une bite. Attends un peu.

Je suis tout à coup bien plus nerveuse que je ne l'étais avant l'arrivée des filles. J'avais envie d'une soirée tranquille. Une soirée entre filles, avec quelques verres et rien de plus. Je n'aurais jamais imaginé que ça tourne comme ça et je prie pour qu'Angelo ne fasse pas un caca nerveux en l'apprenant.

— J'appelle Slate et organise ça, dit Izzy en se détournant, penchée sur l'écran de son téléphone.

Je demande :

— Slate ? C'est son vrai nom ?

Je recommence à ricaner et le martini que je viens de finir il y a quelques minutes commence à faire son effet.

— J'en sais rien, putain, répond-elle en haussant les épaules. C'est comme ça qu'on l'appelle, c'est tout ce que je peux te dire. Et aussi qu'il est chaud comme la braise.

— James va te tuer, prévient Angel.

— Oh. James peut aller se faire foutre.

Il y a un cri de surprise générale autour de la table. Même moi j'y participe alors que je n'ai même pas encore rencontré son mari.

— Avec un peu de chance, j'aurai une fessée ce soir, dit Izzy en riant doucement.

Elle continue à tapoter son écran. Comme personne ne dit rien, elle lève les yeux.

— Quoi ? demande-t-elle en fronçant les sourcils. Ne critiquez pas avant d'avoir essayé.

Elle pointe son pouce vers Suzy.

— Cette petite princesse aime recevoir la fessée, elle aussi. Je sais à quel point vous êtes toutes déchaînées au pieu, alors inutile de prétendre le contraire.

Tout le monde se met à rire autour de la table, moi y

compris, même si je ne sais pas pourquoi. Je ne définirais jamais ma vie sexuelle comme étant déchaînée. Elle est en tous points parfaite, mais elle n'a rien qui puisse me faire penser qu'on sort de la norme.

— Slate ? dit Izzy au téléphone en se couvrant l'autre oreille avec sa main parce qu'à Gavin's, c'est tellement bruyant qu'on a du mal à s'entendre par-dessus la musique. C'est Izzy Caldo, la femme de James.

Elle s'excuse auprès de nous et se dépêche d'aller vers la sortie en nous plantant là.

Ravalant ma peur de l'inconnu, je demande :

— Alors, on va vraiment y aller ?

— Ça va être marrant, dit Bianca avant de finir son verre d'eau. Détends-toi. Que pourrait-il bien arriver de mal ?

CHAPITRE 3
ANGELO

ANGELO

JE REPOUSSE MON ASSIETTE. Je suis ravi de l'ambiance et du repas. Je me cale contre le dossier de ma chaise. Tout le monde discute pour rattraper toutes ces années où l'on ne s'est pas vus. La soirée s'est très bien passée. Mieux que ça, elle a eu le goût d'un retour à la maison.

— Ça va ? me demande Joe en se penchant vers moi pour parler à voix basse, histoire que personne d'autre n'entende.

Je hoche la tête en regardant mon cousin, un sourire épanoui sur le visage.

— Bien sûr. C'est une super soirée.

— Quelque chose te tracasse, répond-il.

Je soupire.

— Pas vraiment. Je veux dire, je suis ravi, vraiment. Personne ne veut rester seul, et ce n'est pas comme si nous avions eu le choix, mais bon sang…

Il pose une main sur mon épaule.

— Tout se passera bien, Angelo. Je ne peux même pas

imaginer tout ce que tu as traversé, mais tu mérites de retrouver le bonheur, ça, c'est sûr.

J'ai beaucoup pensé à Marissa ces derniers temps. Je n'ai plus cette impression de la tromper ou de trahir nos promesses, mais j'aimerais tant pouvoir lui parler, ne serait-ce qu'une dernière fois. Je me demande ce qu'elle dirait à propos de Tilly et de la vie que je construis avec elle.

— Il y a un problème ? demande Lucio en nous regardant Joe et moi depuis l'autre bout de la table. Vous allez bien ?

— Je vais bien. Je ne pourrais pas aller mieux, dis-je en balayant sa question d'un geste de la main.

— Vous vous foutez de moi, dit James, les yeux baissés sur son téléphone. Nos femmes ont vraiment décidé de nous faire la peau ce soir.

— Qu'est-ce qu'il y a ? demande Thomas en lâchant sa fourchette sur la table.

— Elles vont au Black Door, répond James en se passant une main sur le visage. Ça ne me dit rien qui vaille…

Je demande :

— C'est quoi, le Black Door, bordel ?

— Un sex-club, dit Vinnie avec un rictus. Et un putain de chaud !

— Bordel, je ne sais pas ce qui te fait sourire, abruti. Bianca est avec elles, lui rappelle Lucio.

— Merde ! grince-t-il en se reculant dans sa chaise, tout amusement effacé de son visage. Qu'est-ce qu'elles vont faire dans un sex-club, putain ?

— Donnez-moi une minute. Je vais passer un coup de fil, dit James en quittant la table, son téléphone à la main.

Je demande à Vinnie :

— Tu y es déjà allé ?

Il acquiesce et ça ne devrait pas m'étonner.

— Bien sûr. Je connais toutes les boîtes de cette ville infernale. Ceci dit, je n'ai pas du tout envie que Bianca aille là-bas.

Moi non plus, je n'ai pas envie que Tilly aille là-bas. Bon, du moins pas sans que je sois là pour m'assurer que rien ne dégénère.

— Elles veulent notre peau, c'est leur but quotidien quand elles sont toutes ensemble, dit Anthony en enfournant une autre bouchée de son steak. Mmm, c'est tellement bon putain, gémit-il.

— Ça ne t'inquiète pas plus que ça qu'elles aillent là-bas ? lui demande Vinnie, voyant qu'il n'a pas l'air perturbé de l'apprendre.

Il remue sa fourchette en l'air en mâchant.

— Si, mais j'ai confiance en Max. En plus, si quelqu'un l'emmerde, elle va littéralement lui arracher les yeux.

James vient se rasseoir et secoue la tête.

— Elles ont réservé la salle de voyeurisme VIP.

— Et… ? demande Lucio parce que ça ne lui parle pas plus qu'à moi.

— Elles seront seules et pourront seulement mater en buvant des verres.

— Donc, elles vont regarder d'autres gens baiser ? demande Lucio en haussant un sourcil.

James acquiesce.

— C'est à peu près ça. Elles ne sont pas membres, donc elles ne peuvent pas entrer dans le club. Mais Izzy, égale à elle-même, a fait jouer ses relations dans le but de leur faire ouvrir la salle de voyeurisme, pour qu'elles puissent admirer le spectacle.

— À quelle heure y vont-elles ? demande Thomas en lâchant sa serviette dans son assiette avant de serrer les poings.

— Dans une heure, lui répond James. Pourquoi, tu veux te taper l'incruste dans leur petite fête ? lui demande-t-il l'air amusé, et je ne sais pas trop ce que j'en pense moi-même.

Ce que fait Tilly m'est égal. Du moment qu'elle s'amuse, je sais que tout ira bien. Je ne suis pas fébrile et je connais ma chérie. Elle est gourmande au lit, mais il n'y a pas plus loyale qu'elle.

— Ouais, putain, on y va ! gueule Mike. On ne peut pas les laisser seules. Je veux dire… Allez, quoi. Ça pourrait même être plutôt cool. Je suis sûr qu'elles seront excitées et…

Le flot de ses paroles se tarit.

— On y va, dit Joe en s'adressant à nous tous. Laissons-leur un peu de temps toutes seules et ensuite, on s'incruste.

— Tu as l'air si calme face à tout ça, lui dis-je, surpris.

Il hausse les épaules.

— On est déjà allés dans un club comme ça une fois, en Floride, avec James et Izzy. Suzy est assez étrange. Elle fait la femme douce et innocente, mais cette fille…

Il secoue la tête en riant, sans finir sa phrase.

— C'est décidé, donc. On y va, déclare Thomas, prenant la décision à notre place.

— Remets-nous une tournée, dit Morgan au serveur quand il passe près de nous. On va en avoir besoin.

Je suis sûr qu'un seul verre suffira pour moi. Ma chérie va dans un sex-club. Elle va voir d'autres gens faire l'amour et je la connais : c'est vraiment au-delà de sa zone de confort.

Un peu plus d'une heure plus tard, on est entassés dans le mini-van qui roule en direction du Black Door. Personne n'est saoul, mais l'alcool tourne encore généreusement pendant qu'on traverse les éternels embouteillages du centre de Chicago.

— Est-ce qu'on devrait les prévenir qu'on arrive ? demande Lucio, ce qui lui vaut un regard noir de James.

— Absolument pas, répond ce dernier en secouant la tête.

J'hésite à mettre mon grain de sel en leur disant qu'on ferait mieux de laisser les filles s'amuser entre elles, mais je me retiens.

— Ça leur fera une petite surprise. Et, de toute façon, je pense qu'elles auront besoin de nous quand on arrivera, dit Joe. C'est un spectacle plutôt intense.

Je marmonne pour moi-même, pensant que personne ne m'entend :

— J'ai seulement du mal à imaginer Tilly là-bas.

Joe me donne un léger coup de coude en me souriant.

— Suzy n'est pas le genre de femme qui traîne dans les sex-clubs, mais elle n'est pas contre regarder. Il y a quelque chose d'intrigant là-dedans. Tu verras.

— C'est vraiment chaud, putain, ajoute Vinnie en frottant ses mains l'une contre l'autre, se penchant en avant pour poser ses coudes sur ses genoux. Sacrément chaud.

J'essaye d'imaginer Tilly, assise quelque part en train de regarder de parfaits inconnus baiser ensemble. Mais, pour une raison ou une autre et quels que soient mes efforts, je n'y parviens pas. Il y a quelque chose de tellement convenable chez elle, de presque guindé… même si elle se lâche dans l'intimité.

Tout à coup, une vague de culpabilité me submerge. C'est censé être sa nuit de folie à s'amuser avec mes cousines et nous voilà, prêts à nous incruster dans leurs festivités.

— Peut-être qu'on devrait les laisser faire, dis-je. Les laisser s'amuser.

Cette suggestion me vaut un regard glacé de James.

— Je ne sais pas toi, mais moi, je n'aime pas savoir ma femme dans un sex-club sans que je sois là pour la protéger.

Je demande :

— La protéger de quoi ?

Je n'ai aucune idée de là où elles mettent les pieds.

— De n'importe quoi. Ce n'est pas comme si elles allaient dans un club de strip-tease où il y a des règles. Si Izzy joue de ses charmes pour les faire entrer dans la zone réservée aux seuls membres…

Sa voix reste en suspens. Je lève les mains en guise de renoncement.

— C'est toi qui sais mieux.

— Je connais le propriétaire. Il s'assurera qu'elles soient en sécurité, mais je me sentirais plus tranquille en veillant sur elles, me dit James.

— Izzy ne va pas mal prendre que tu te pointes comme ça, à l'improviste ? demande Lucio.

Le visage de James change du tout au tout quand il se met à rire.

— Je n'ai pas besoin de la permission d'Izzy pour me pointer où que ce soit, surtout quand elle utilise mon nom pour tirer des ficelles. Elle savait ce qu'elle faisait en passant ce coup de fil. Je parie qu'elle sait très bien que je vais débarquer.

— Tu parles d'elle comme une proie, dis-je.

Il plisse ses yeux sombres.

— Elle est ma femme et ma soumise. Elle sait ce qui peut lui en coûter d'aller dans un lieu pareil sans moi.

En l'entendant, je hausse les sourcils. *Soumise* ? Ma cousine se soumet à un homme ? Quand bien même il s'agit de son mari, Izzy est la dernière personne que j'aurais cru capable de s'incliner ou de s'agenouiller devant quelqu'un.

— On y est, dit Vinnie en faisant un signe de tête vers un grand immeuble dehors.

Je me tourne pour regarder la façade en pierres grises, au milieu de laquelle trônent deux immenses portes noires. Il n'y a rien qui puisse suggérer ce qu'il se passe de l'autre côté de ces portes.

— Ne vous fiez pas aux apparences, dit Vinnie en se levant. Ce qu'il se passe là-derrière a de quoi vous faire disjoncter, putain.

— Combien de fois es-tu venu ici exactement ? demande Leo à Vinnie en sortant du mini-van.

— Quelques fois, répond Vinnie de façon évasive, comme il avait l'habitude de le faire avant. Et toi ?

— Quelques fois, dit Leo, ce qui me surprend, pour une raison ou une autre. Mais jamais avec ta sœur.

Plus rien ne devrait m'étonner dans la vie, surtout concernant les hommes. J'étais trop occupé à être un père, puis à lutter contre la maladie de Marissa, pour me préoccuper des sex-clubs. Je demande :

— Est-ce que je suis le seul à ne jamais avoir mis les pieds dans un endroit comme celui-là ?

Lucio regarde vers moi tandis qu'on s'agglutine sur le trottoir.

— Non, moi non plus, et pourtant je croyais avoir à peu près tout expérimenté.

Les portes s'ouvrent en grinçant et nous entrons dans l'espace peu éclairé de la réception. La musique est tellement forte que les petites décorations dans la pièce rebondissent et vibrent toutes seules.

Un homme vêtu d'un pantalon en cuir noir et d'un débardeur noir contourne un bureau imposant, ouvrant ses bras vers James.

— Eh, mec, ça fait un bail ! Toujours aussi beaux, toi et ta jolie petite femme.

James serre la main de l'homme avec un visage impassible.

— Slate. Elles sont là-haut ?

Slate lance un regard en haut des escaliers.

— Seules, comme j'ai promis qu'elles seraient.

— Tu aurais dû lui dire non, dit James.

Au ton qu'il emploie, j'entends bien qu'il est mécontent.

Slate éclate de rire.

46

— Ta femme est peut-être une *soumise*, mais lui dire non revient à dire à un *dominateur* de s'agenouiller.

Je regarde vers Lucio mais il hausse les épaules, ne comprenant pas plus que moi la conversation. James lui sourit finalement.

— Un point pour toi.

— Allez-y, montez. Personne ne viendra vous ennuyer, vous et vos femmes.

Slate nous adresse un sourire espiègle.

— Amusez-vous bien.

— Et puis, c'est un... je ne serai pas dans le cas...

... c'est un... Laisse-moi...

... ne serai pas dans le cas où tu as cru... et je n'en finirai jamais...

Un point pour toi.

— Allez, coupa-t-elle. Passons à autre chose. Qu'y a-t-il de neuf? Où est ton Jérôme?

Elle haussa les épaules, rapide.

— Aucune idée...

CHAPITRE 4
TILLY

— BON DIEU DE MERDE ! dit Bianca en s'avançant vers la vitre où elle vient plaquer ses mains pour observer la scène qui se déroule à l'étage au-dessous. C'est encore mieux que ce que j'avais imaginé.

— Tu avais imaginé ça ? dis-je en remuant ma main en direction des gens qui baisent au rez-de-chaussée.

Et ce n'est pas une simple scène de baise… Ils forniquent comme des lapins en plein air. Même dans la pénombre de la pièce, je peux voir les joues de Bianca s'empourprer.

— Tellement de fois…

Je regarde à nouveau la vitre et les gens en bas. J'écarquille les yeux en voyant une femme monter sur un grand X en bois et un homme la sangler dessus. Elle est nue, rien ne couvre son corps et elle n'est absolument pas complexée par ses courbes ni par le regard des gens regroupés autour d'elle.

Une part de moi aimerait pouvoir être à ce point sans honte et téméraire. Je n'ai jamais été vraiment à l'aise avec la nudité, à part avec Angelo et Mitchell. Même quand je dois porter un maillot de bain, j'en choisis un une pièce pour essayer de cacher le plus de surface possible de ma peau pâle.

— Regarde… dit Izzy en venant à mes côtés pour me montrer le couple du doigt.

De toute façon, apparemment, je semble ne pas pouvoir détacher mon regard du couple.

— Il va la fouetter.

Je pousse un léger cri et pose ma main sur ma bouche.

— Pourquoi ?

— Elle en a envie, répond-elle et je sens son regard peser sur moi. Elle en a besoin.

Je secoue la tête et mes yeux s'écarquillent en le voyant attacher ses poignets et ses chevilles aux planches en bois sans qu'elle n'ait la moindre trace de peur sur le visage. Je murmure :

— Je ne comprends pas.

Je fais de mon mieux pour essayer de comprendre ce qu'il peut y avoir de plaisant à endurer d'un homme, ou de n'importe qui, une douleur soi-disant jouissive.

— Regarde, dit Izzy en posant une main sur mon bras comme si elle me protégeait. Tu comprendras mieux quand tu auras vu l'échange.

Je suis fascinée, même si l'inquiétude me noue les épaules et que l'air semble s'épaissir. Un petit groupe de gens s'est rassemblé autour du couple sans se cacher dans l'ombre comme nous. Certaines personnes montrent quelque chose sur la gauche pendant que l'homme murmure à l'oreille de la femme et je suis des yeux ce qu'ils désignent.

Mon souffle se coince dans ma gorge quand je découvre une femme nue à genoux sur un banc présentant ses fesses à un homme qui a une érection géante.

— Oh mon Dieu.

Les mots ont glissé de mes lèvres si faiblement que je suis persuadée que personne, pas même Izzy, ne les a entendus.

— C'est chaud, dit Izzy. Elle aime qu'on la mate.

Je réalise que la pièce où l'on se trouve n'est pas si silencieuse et qu'Izzy se tient plus près de moi que je ne croyais.

— Tu aimes qu'on te mate, toi ?

Je ne sais pas pourquoi je lui pose cette question. Je n'ai jamais appris à parler de sexe en public. Mais une fois de plus, j'ai encore moins été amenée à regarder d'autres personnes, des personnes complètement nues, baiser.

Izzy secoue la tête.

— Non. Pas vraiment.

J'ai envie de lui demander ce que ça veut dire, *pas vraiment*, mais je me tais. Ça ne veut pas dire non, mais ça ne veut pas dire oui non plus.

— Pas au milieu d'autant de gens nus qui baisent, ajoute-t-elle doucement comme si elle lisait dans mes pensées.

J'ai la tête qui tourne encore plus qu'avant et je demande :

— À quoi doit-on s'attendre d'autre ?

— Je pourrais regarder ça toute la journée, dit Suzy en venant se poster à ma droite pour regarder par la vitre. Il y a quelque chose de tellement obscène et défendu à être dans l'ombre pour mater cet étalage de chairs.

Je tourne la tête vers elle et regarde sa peau blanche et ses cheveux blonds. Je trouvais que cette femme avait l'air si pure, si innocente, quand je l'ai rencontrée peu de temps avant, mais à ce que je vois, j'étais à côté de la plaque.

Izzy se penche en avant pour regarder Suzy et capter toute mon attention.

— Laissez parler votre côté obscur, les filles, dit-elle.

— Tu sais ce que ça provoque chez moi, répond Suzy.

Je me tourne à nouveau vers elle, sous le choc.

Ouaip. Pas innocente pour deux sous.

— Tu me remercieras plus tard, dit Izzy en riant.

Elle montre la croix du doigt et je ne sais plus où donner de la tête. Chaque scène est plus captivante que l'autre, les couples ou groupes de gens sont plus sexy les uns que les autres.

— Tu vois comment il lui touche les fesses ? demande Izzy.

Je hoche la tête lentement en dévorant le couple des yeux. La femme est toujours sanglée à la croix inclinée et l'homme fait glisser ses mains sur les vallons de ses fesses nues.

— Il l'apaise, la prépare pour ce qui va suivre. Regarde son visage. Regarde comme elle apprécie ses caresses et comme elle va brûler d'envie de sentir son coup de fouet.

Mon cœur bat violemment dans ma poitrine. Je pose une main sur la glace devant nous en essayant de contrôler ma respiration.

Le fouet à la main, l'homme murmure contre ses lèvres et caresse la courbe de ses fesses. Elle a les yeux mi-clos, je le vois dans la lumière qui baigne les corps depuis la pénombre où l'on se trouve. Il lui dit quelque chose et elle hoche la tête avant de regarder au sol. L'homme pose le manche de son fouet sous son menton et relève son visage pour qu'elle le regarde. Ils échangent encore quelques mots puis il se penche en avant, le fouet toujours sous son menton, et l'embrasse avec tant de passion que mes genoux cèdent presque.

— Je pense que nous en tenons une autre, dit Izzy.

Au lieu de lui demander ce qu'elle veut dire par là, je reste silencieuse. C'est comme si je ne trouvais plus mes mots. Mon esprit est confus et mes pensées partent en tous sens, ce qui me rend incapable de parler.

— Qu'est-ce que vous regardez, vous ? demande Daphne derrière moi avant de pousser un cri. Est-ce que c'est une croix de St André ?

— Ouaip, répond rapidement Izzy.

— Putain, c'est encore plus chaud que dans les livres, commente Daphne.

L'espace d'un instant, je me demande dans quel univers parallèle je vis. J'ai l'impression d'être une écolière vierge et ringarde, la seule du groupe à ne comprendre absolument rien en matière de sexe. L'innocente Suzy et ma future belle-sœur connaissent apparemment ce que je regarde alors que moi, non.

Mon regard est fixe et je respire difficilement en voyant l'homme reculer pour se placer derrière la femme, le fouet toujours en main. La femme semble calme, bien trop calme pour ce qui s'annonce. Quand il lève sa main et que le fouet tournoie en l'air, touchant ses fesses avec son extrémité, elle bouge à peine. Il répète le mouvement de sorte que cette fois les lanières percutent un peu plus ses fesses. Elle renverse la tête en arrière. Elle a les yeux fermés et une expression tellement sereine sur le visage que je suis complètement désorientée.

Je veux fermer les yeux ou me cacher le visage, parce que je ne devrais pas regarder ce couple et leur moment d'intimité, aussi hors norme en matière de sexe soit-il. Mais je n'y arrive pas. Je ne peux pas cesser de regarder, j'ai envie de savoir ce qu'il va se passer ensuite et puis je commence aussi à ressentir une légère excitation.

La main de l'homme bouge plus vite et la lanière fouette les fesses de la femme dans une succession de coups plus rapides qui finissent par laisser des traînées rouges sur sa peau pâle.

Je tends mes bras derrière moi et me frotte les fesses au souvenir détestable des fessées douloureuses de l'enfance.

— Ce n'est pas pareil, dit Izzy, comme si elle lisait dans mes pensées une fois de plus. Elle aime la douleur. Ça démultiplie son plaisir.

— Quel plaisir ? dis-je d'une toute petite voix, incapable de parler plus fort.

Au moment-même où je prononce ces mots, l'homme s'approche d'elle et tend un bras entre ses jambes. J'écarquille les yeux à nouveau et mon souffle se détraque. La mâchoire de la femme s'ouvre tandis que les doigts de l'homme disparaissent à l'intérieur d'elle. Elle tend les fesses en arrière, vers lui, pour lui offrir son corps.

— Ce plaisir-là, dit Izzy avec une pointe d'ironie.

Il enroule le fouet dans son poing et avec un doigt, il suit les lignes rouges sur ses fesses en enfonçant ceux de son autre main en elle. Son toucher n'est pas délicat. Son bras se replie à chaque poussée, faisant glisser ses doigts plus profondément.

Izzy se penche en avant, envahissant mon espace personnel, mais je suis trop absorbée dans la contemplation du couple pour le remarquer.

— Respire, me dit-elle.

Je n'avais même pas remarqué être en apnée. J'étais trop captivée par ce couple et ce désir sur le visage de la femme pour me porter à moi-même la moindre attention. Je me mets à haleter, buvant l'air comme si je refaisais surface après être restée sous l'eau trop longtemps.

L'homme recule. Ses doigts brillent de fluides éclairés par la lumière au-dessus d'eux. La femme redresse la tête comme si elle était ramenée à la réalité, tirée de force en dehors de ce monde de plaisir, quel qu'il soit et dans lequel elle était plongée l'instant d'avant.

Il lève le bras, le fouet s'abat avec plus de force et je pourrais jurer entendre le bruit que fait l'impact du cuir sur ses fesses. Je sursaute légèrement, apeurée et étrangement excitée.

— Bianca, il y a une scène comme ça dans un de tes livres, pas vrai ? demande Daphne d'une voix qui me semble trop calme et détachée.

— Quelque chose dans le genre, répond Bianca et je tourne la tête pour la regarder.

Je ne devrais pas être surprise par cette révélation. C'est Bianca May, l'auteure mondialement connue pour ses romances épicées.

Bianca ne quitte pas le couple des yeux non plus, mais il n'y a sur son visage pas la moindre trace de choc ou de surprise.

— Par contre, mes héroïnes en redemandent en

suppliant. Elles sont un peu plus coquines, répondent et implorent d'être fouettées.

Je me retourne sans dire un mot, me disant qu'il est temps pour moi d'ouvrir mon premier roman de Bianca May, parce qu'il y a plus à savoir de cette femme que ce qu'elle donne à voir. Il fallait s'y attendre, quand on y pense. Vinnie est un sacré morceau, et pas n'importe quelle femme aurait pu accaparer son cœur et dompter cet homme comme elle l'a fait.

— C'est vraiment mieux qu'un spectacle de strip-tease, dit Delilah.

Je réalise qu'on est toutes collées à la vitre.

— Regardez la queue de ce type, bordel ! dit Daphne.

Mais je ne sais pas de quelle queue ni de quel type elle parle, parce qu'il y a tellement de gens nus devant nous que je ne sais pas où commencer à chercher.

— Oh, roucoule Max quelque part à ma droite. Ça, c'est du piercing…

— Je suis sûre que ça doit être drôlement bon, dit Suzy.

J'ai l'impression d'être coincée dans le plus sordide épisode de *La Quatrième dimension* où tous les membres de ma famille sont chelous et où je réaliserais tout à coup l'être tout autant.

Une douleur sourde se réveille entre mes jambes accompagnée d'une sensation de vide. Une partie de moi voudrait tant qu'Angelo soit là pour répondre à mon désir et me remplir comme lui seul en a le secret… Mais il y a l'autre partie, celle qui se demande ce qu'il penserait de tout ça, du fait que je ne puisse pas détacher mes yeux de ces gens, de leur nudité et des actes charnels qui se déroulent à seulement trois ou quatre mètres de moi.

La porte s'ouvre derrière nous et la pièce est momentanément baignée de la lumière du couloir.

— C'est reparti pour un tour, dit Izzy sans regarder derrière elle.

Personne ne bouge. On dirait qu'on est toutes en transe, regardant la main de l'homme s'abattre à répétition avec le fouet sur les fesses de la femme jusqu'à ce qu'elle pende pratiquement de la croix, seulement retenue par les attaches en cuir aux extrémités.

La lumière remue dans la salle, parcourue par des ombres qui remuent au sol et viennent couvrir nos corps.

— Eh bien, eh bien… Qu'avons-nous là ? dit un homme et Izzy pousse un cri de surprise.

Elle se retourne si vite qu'elle me renverse presque.

Mon corps qui était déjà figé se raidit de plus belle et je sais tout de suite qui est derrière nous.

Merde.

CHAPITRE 5
ANGELO

ANGELO

JE N'AVAIS JAMAIS VU cette expression dans le regard d'Izzy auparavant. De la peur et un peu d'excitation, voilà ce qu'on peut lire sur le visage de toutes les femmes dans la pièce.

James s'avance en premier et marche à grands pas vers sa femme, les épaules en arrière et un sourire narquois sur les lèvres.

— Tu ne pouvais pas t'en passer, pas vrai, mon cœur ?

Mes yeux tentent de percer la pénombre à la recherche de ma promise. Tilly se tient près de la vitre, une main posée dessus, sa tête inclinée vers le sol. Elle a ramené ses épaules vers ses oreilles comme si elle voulait se cacher, comme honteuse d'avoir été surprise.

Est-ce vraiment ce qu'on a fait ? Les surprendre en train de faire quelque chose qu'elles n'auraient pas dû ?

Je fais quelques pas pour me rapprocher d'elle et appuie mon front dans son dos. Je lui murmure à l'oreille en frottant mes lèvres dans ses cheveux :

— Ma belle… Ça va ?

Tilly n'est pas prude et moi non plus, mais ça... ces parties communes en dessous de nous remplies de corps nus s'accouplant aux yeux de tous dépasse ce que nous avons jamais expérimenté l'un et l'autre et ce que nous avons l'habitude de voir.

À ma grande surprise, Tilly se colle contre moi en renversant la tête en arrière.

— Oui, murmure-t-elle si doucement que je l'entends à peine.

Mais ce que j'entends clairement, c'est le désir dans sa voix, ce ton rauque qu'elle ne prend que quand elle est dans mes bras, me suppliant que je la touche sans avoir besoin de prononcer un seul mot.

Une de mes mains glisse vers sa hanche généreuse pour la tenir étroitement contre moi pendant que je passe mes lèvres sur la peau délicate de son oreille. Je lui demande :

— Je t'ai manqué ?

J'ai lancé ça à tout hasard, mais je me sens soudain étonnamment excité.

— Tellement...

Elle se tourne suffisamment pour me donner sa bouche douce et chaude.

Je colle mes lèvres aux siennes et remonte une main le long de son bras jusqu'à tenir son petit visage dans ma paume. Sa langue douce glisse sur ma lèvre inférieure et un gémissement grave se forme dans ma gorge pour s'échapper par ma bouche.

Ma chérie est excitée. Elle est vraiment en manque, vu sa façon de m'embrasser avec force comme si on avait été séparés non pas quelques heures mais pendant des semaines.

J'approfondis mon baiser et glisse ma langue entre ses lèvres, réclamant sa bouche avec la mienne. Ma main posée sur sa hanche se déplace sur son bas-ventre et j'appuie ma paume dessus en écartant les doigts pour qu'ils touchent le bord de sa culotte.

Elle s'arc-boute contre moi en frottant ses fesses contre mon sexe déjà gonflé.

Putain.

C'était censé être sa soirée de détente, pour se décontracter et passer un bon moment entre filles, mais vu son état... je ne la quitterai pas des yeux tant qu'elle ne sera pas rassasiée.

— Hum, vous voulez une chambre privée, tous les deux ? demande Daphne.

Je me raidis ; j'avais oublié qu'on n'était pas seuls. Tilly semble en transe. L'intervention de ma sœur ne la détourne pas de ma bouche et je ne peux même pas répondre. Mes doigts sont affairés sur son corps et si proches de son sexe qu'ils désespèrent d'être dedans.

— Je suppose que la réponse est claire...

Je ne sais pas qui dit ça mais je ne m'en soucie pas suffisamment pour m'arrêter et tenter de résoudre cette énigme.

— Laissons-les et allons boire un verre en bas. Ils peuvent avoir la salle pour eux, dit James.

J'aurais bien voulu le remercier, mais mes mains et ma bouche sont trop occupées pour pouvoir le faire. Le baiser de Tilly se fait plus profond et m'attire plus loin des autres et plus près d'elle.

— La pièce est totalement privée. Amusez-vous bien, me glisse James à l'oreille avant de sortir.

Le silence remplit la salle.

Les lèvres de Tilly n'ont pas quitté les miennes. Ses fesses sont toujours appuyées contre ma queue et glissent de droite à gauche, me rendant fou de désir. Mes doigts descendent plus bas, se faufilent sous le bord de sa jupe et glissent dessous.

Ses jambes tremblent quand je ratisse l'intérieur de sa cuisse du bout de mes doigts. J'arrive au bord de sa culotte et suis doucement la bordure en dentelle si douce. Elle gémit mon nom en écartant les jambes. Ma chérie est au-delà du stade de l'excitation ; elle est presque à bout de souffle sous l'effet du désir et me supplie de la toucher.

Elle mordille ma lèvre inférieure et ma queue fait un bond quand je sens la piqûre de ses dents. Je glisse mes doigts dans sa culotte, sur sa peau soyeuse et elle frissonne. Elle est en manque. Plus excitée que je ne l'ai jamais vue l'être et je sais que ce n'est pas seulement moi qui la mets dans cet état-là, mais le fait d'avoir regardé d'autres gens baiser.

Je me fous complètement de savoir ce qui la fait trembler de désir, gémir mon nom et appuyer son sexe contre mes doigts pour que je les rentre en elle. Tout ce qui m'importe, c'est d'être là avec elle, prêt à la prendre et à lui donner autant de plaisir que possible.

Elle est quasiment trempée de désir et je glisse facilement mes doigts sur sa peau douce jusqu'à les faire pénétrer dans son sexe assoiffé pour la remplir. Ses genoux se dérobent et elle est sur le point de tomber, mais je la soutiens, retirant ma main de son visage pour ceinturer sa taille.

J'appuie la paume de ma main sur son clitoris, le caressant à chaque fois que j'enfonce mes doigts en elle. Elle pousse un cri et plonge sa langue dans ma bouche au même rythme que mes doigts. Je suis tellement excité, je ne pense plus qu'à lui arracher ses vêtements, la renverser en avant sur un support quelconque et la baiser jusqu'à lui faire perdre la tête.

Je recule un peu, m'éloignant de sa bouche.

— Regarde, ma belle, lui dis-je en détaillant des yeux son beau visage avant de me tourner vers la salle commune en dessous.

— Je ne peux pas, chuchote-t-elle alors que mes doigts sont toujours en elle et que j'empoigne plus fort le dôme de son os pubien.

— Tu peux. Je veux que tu les regardes pendant que mes doigts te baisent jusqu'à te faire jouir.

Elle regarde à travers la vitre puis vers moi, les yeux écarquillés, vitreux.

— Ça ne te dérange pas ?

— Ça a l'air de me déranger ?

J'appuie mon sexe gonflé contre ses fesses rondes pour être plus convaincant et lui dis, en faisant un mouvement de tête vers la salle commune :

— Regarde le plaisir dans leurs yeux. C'est le même que je vois dans les tiens.

Ses lèvres s'entrouvrent et son regard se détourne de moi pour plonger dans la scène devant nous. Elle déglutit et inspire soudainement quand je recommence à bouger mes doigts en elle.

Je lui dis, pour éviter qu'elle panique en revenant dans le monde qui nous entoure :

— Personne ne peut nous voir. Regarde et ressens les

sensations, tout simplement. On ne quittera pas cette pièce avant que tu aies joui sur mes doigts, ma belle.

Quand j'enfonce un peu plus mes doigts et les retourne dans son vagin étroit pour aller trouver son point G, elle pousse un petit cri. Je ne regarde pas les gens en bas. Je suis trop captivé par la femme qui est dans mes bras et par l'expression de désir et de plaisir qui danse sur les traits de son visage.

Tilly a les yeux fixés sur le couple de la croix. La fille se fait masturber par derrière, contrairement à Tilly qui l'est par devant. Ses fesses sont striées de rouge, sa tête est renversée en arrière et sa bouche est grande ouverte. L'homme fait aller et venir ses doigts en elle à un rythme que je ne suis même pas sûr d'être capable de reproduire.

Je fais glisser ma main qui était sur la taille de Tilly jusqu'à sa poitrine et joue avec ses tétons à travers le fin tissu de sa robe. Elle gémit à nouveau, plus fort cette fois, en se cambrant pour venir à la rencontre de ma main. Mon Dieu, j'adore cette femme. J'aime tout chez elle. Elle a l'air si pure et innocente, mais c'est une insatiable bête de sexe sous sa carapace qui s'ouvre petit à petit.

Sa culotte est de trop, elle me gêne alors que Tilly est si proche de l'orgasme. Dès que mes doigts quittent son corps, elle pousse un gémissement et se tortille contre moi.

— Du calme, ma belle, dis-je en enroulant mes doigts autour du sous-vêtement avant de tirer dessus jusqu'à ne laisser aucune frontière entre nous.

Elle ouvre la bouche pour dire quelque chose, mais quoi qu'elle ait eu au bord des lèvres, ça disparaît au moment où ma main glisse à nouveau entre ses jambes.

Elle jouit rapidement, la tête renversée sur mon épaule,

en balançant ses hanches dans ma paume, le corps frissonnant et son sexe pris de convulsions autour de mes doigts. Ce qu'elle est belle comme ça, avec ses joues roses, son regard flou et son corps vibrant de plaisir. Je veux passer ma vie à la combler. La rendre heureuse dans tous les domaines et autant que possible sera le but de ma vie.

Lentement, elle se tourne dans mes bras, le regard voilé et les pupilles dilatées.

— Je t'aime, dit-elle en chuchotant contre ma bouche avant de coller ses lèvres aux miennes.

Puis, elle se détache et glisse le long de mon corps pour venir s'agenouiller devant moi. En faisant des mouvements rapides, elle ouvre mon jean et prend ma queue en érection dans sa paume, l'entourant de ses doigts fins et chauds.

— Je veux te goûter.

J'enfonce mes doigts dans ses cheveux pendant qu'elle sort mon sexe de mon pantalon sans prendre la peine de l'abaisser. Elle a l'air d'un animal affamé. Elle referme les lèvres autour de mon gland et me prend profondément dans sa bouche en gémissant.

C'est plus fort que moi, je donne un coup de reins en avant pour venir à la rencontre de sa bouche à la douceur veloutée. Je ne regarde pas les gens à travers la vitre, mais ma chérie qui me suce profondément et me caresse avec tant d'habileté que je ne tiendrai pas longtemps.

En moins d'une minute, un fourmillement caractéristique m'électrise la colonne vertébrale et mes muscles se contractent. Elle suce tout ce qui sort de moi. J'ai la tête qui tourne et j'ai du mal à retrouver mon souffle. J'essaie de retrouver un minimum de la contenance que j'avais avant qu'elle s'agenouille devant moi.

Je pose une main sous son menton pour lui faire lever les yeux vers moi.

— Je t'aime, mon cœur, dis-je doucement mais sans équivoque.

Elle me sourit avec une telle joie sur le visage que je peux à peine me souvenir d'avoir jamais vu de la tristesse dans ces mêmes yeux.

— Tu n'es pas fâché ? demande-t-elle en baissant à nouveau les yeux.

Du pouce, je suis la ligne de sa mâchoire, glissant vers sa lèvre boudeuse.

— Comment pourrais-je être fâché contre toi ? Et pourquoi le serais-je ?

— Pour ça, répond-elle en désignant la vitre d'un signe de tête, sans me quitter des yeux.

Je secoue la tête, un sourire en coin.

— Pas du tout. Je suis juste content d'avoir été là.

Bon sang, dire que je ne voulais pas venir, je suis vraiment content d'avoir fini là.

— C'est tellement…

Sa voix reste en suspens un instant. Je continue à sourire pour l'encourager, pour qu'elle se sente à l'aise de tout partager avec moi.

— … Obscène.

Je glisse mes mains sous ses bras et l'attire vers moi pour qu'on soit face à face.

— Il n'y a rien d'obscène dans la sexualité. Regarder d'autres gens baiser n'est pas sale, ma belle.

— Tu as déjà… ?

— Quoi… regardé d'autres gens ? dis-je pour finir sa

phrase à sa place, parce que sa question semble coincée quelque part à l'arrière de sa gorge.

Elle acquiesce et je secoue la tête.

— Pas avant aujourd'hui. Mais il va peut-être falloir que je change mes habitudes, si ça t'excite comme ça.

— Est-ce que ça t'a excité ? demande-t-elle en passant le bout de sa langue sur sa lèvre inférieure, ce qui me rend dingue.

Je hausse un sourcil.

— Tu n'as pas senti à quel point j'étais excité ?

Elle se met à rire.

— C'était chaud.

Je plonge mon regard dans le sien d'un vert profond.

— Te regarder les regarder et voir à quel point tu étais excitée suffirait à faire perdre la tête de n'importe quel homme.

Elle regarde autour de nous dans la pièce.

— Où sont-ils tous passés ?

Je hausse les épaules et me penche en avant pour venir appuyer mes lèvres dans son cou.

— J'en n'ai pas grand-chose à foutre, dis-je dans un murmure contre sa peau en appuyant mon sexe tendu contre son ventre. Je n'en ai pas fini avec toi, ma belle.

Sa respiration s'accélère et je sais que ma chérie n'en a pas fini avec moi, elle non plus.

CHAPITRE 6
TILLY

— REGARDEZ QUI NOUS REJOINT, dit Izzy avec un sourire malicieux en faisant rouler une paille rouge entre ses doigts. Je croyais que vous ne referiez jamais surface.

Mes joues s'enflamment quand je réalise que tout le monde autour de la table sait parfaitement ce qu'on a fait.

L'embarras ne dure qu'un temps, parce qu'Angelo intervient en serrant mes doigts dans sa main :

— Ferme-la, cousine.

Mais elle lui adresse un clin d'œil en répondant :

— Je crois qu'on a une autre Suzy-Soleil sur les bras.

Je pouffe.

— Je suis loin d'être innocente, tout comme elle.

Je me tourne vers Suzy qui est posée sur les genoux de son beau morceau de mari, l'air toute aussi émoustillée que je l'étais avant qu'Angelo arrive.

— Vous vous amusez bien ? demande Slate, le propriétaire des lieux, en s'approchant de la table.

Angelo enroule un bras autour de ma taille comme pour affirmer sa propriété et délimiter son territoire.

— C'est un endroit intéressant.

On se trouve dans la zone publique et la plupart des gens qui y sirotent leurs cocktails n'ont sûrement aucune idée de ce qu'il se passe de l'autre côté du mur. Je suis passée devant cet immeuble une bonne douzaine de fois depuis que j'ai emménagé à Chicago, et je n'aurais jamais imaginé, même dans mes rêves les plus fous, ce qu'il se passait réellement à l'intérieur.

Slate s'approche de moi et le bras d'Angelo se contracte.

— Vous serez toujours les bienvenus. Si vous souhaitez découvrir le club d'une façon plus personnelle, dit-il en plongeant ses yeux dans les miens puis dans ceux d'Angelo, je serai absolument ravi de réaliser vos fantasmes.

Oh merde. Ça ne sent pas bon.

Angelo se déplace pour me faire passer de l'autre côté de son corps et mettre de la distance entre Slate et moi.

— *Ma femme* s'est bien amusée, mais je ne suis pas sûr qu'on reviendra.

Je frissonne en l'entendant dire « ma femme ». Ça fait un peu macho mais c'est carrément sexy, surtout quand il me tient si fermement contre lui.

— Slate… dit l'homme assis aux côtés d'Izzy.

Il y a un ton de menace dans sa voix et le regard qu'il lui lance est glacé.

Slate lève les mains en l'air, mais un sourire se dessine sur ses lèvres.

— Je ne lui veux aucun mal, James. Tu sais très bien

qu'en plus, elle n'est pas mon genre. Bon, j'ai un club à faire tourner. À la vôtre ! Tout est offert par la maison. Au fait, ajoute-t-il en se tournant vers Vinnie, ça fait plaisir de te revoir.

Cette déclaration vaut à Vinnie un regard interrogateur de Bianca. Elle dévisage son homme de profil, bouche bée et les sourcils froncés. Elle gigote comme si elle avait des tas de questions à lui poser mais garde le silence.

— Merci, mec. Content d'être revenu chez moi, à Chicago, répond Vinnie avant que Slate disparaisse derrière les rideaux de velours pour retourner à l'entrée de l'immeuble.

Angelo s'assied et m'attire sur ses genoux.

— Cet homme ne me plaît pas.

James se met à rire et passe une main sur son visage.

— Il aime les bites, alors tu l'intéresserais plus que Tilly, dit-il à Angelo.

Roger s'excuse à mi-voix et se dirige vers la même porte par laquelle Slate a disparu. Tout le monde est telle-ment occupé à bavarder que personne ne remarque sa soudaine disparition. Mais moi si. Est-ce qu'il connaît Slate ? Ou bien est-il attiré par lui ?

— Et maintenant ? demande un homme en reculant pour passer un bras autour de la chaise où Angel est assise.

Je suppose que le grand beau gosse est Thomas, son détective privé dur à cuire de mari qui bossait avant pour la DEA, pour démanteler les gangs de motards.

Angel pose sa tête sur l'épaule de Thomas et lève les yeux vers lui en battant des cils.

— Je sais qu'on était censés faire la fête chacun de notre côté, mais pour une fois qu'on est sans les enfants…

Je n'ai pas envie de manquer cette opportunité. On devrait finir la soirée tous ensemble, dit-elle en regardant autour de la table pour avoir l'avis des autres.

— Tout le monde est du même avis ? demande l'homme qui tient Suzy sur ses genoux.

Je le regarde. Il a les traits finement ciselés, un beau visage et des tatouages qui dépassent de sa chemise. Je comprends pourquoi Suzy-Soleil est passée d'innocente à coquine en une seconde. Cet homme respire le péché et le sexe et il est plein d'assurance.

— Oui, Joe ! répond Suzy en rebondissant légèrement sur ses genoux.

Il l'attrape par la taille pour stopper son mouvement.

— Mon cœur, ne fais pas ça ou bien je vais devoir t'emmener dans l'autre salle pour finir ce que tu auras commencé.

En disant ça, il a un sourire joueur sur les lèvres, mais je parie qu'il ne plaisante pas.

Suzy remue les sourcils.

— C'est une promesse ?

Je rigole. Je me régale de voir leur légèreté et l'amour qui se dégage d'eux par vagues. Il en est de même pour tous les gens autour de cette table. Tous les couples ont une connexion particulière, ils se tiennent les mains ou bien se touchent à d'autres endroits. Il n'y a aucune distance entre eux. Rien que de l'amour.

— Retournons boire des verres là-haut, propose Race avec un sourire timide. Et, vous savez… regarder les gens baiser.

— Ma chérie veut assumer son côté pervers, ce soir ? demande son mec.

— Ouais, putain, répond-elle. C'est super chaud, et ce n'est pas tous les jours qu'on peut assister à un spectacle pareil.

— Je suis sûr qu'on pourrait remédier à ça, lui dit-il en caressant son poignet avec son pouce.

Il la regarde avec tant d'amour et d'adoration que ça me transperce le cœur.

C'est comme ça, dans cette famille. Les hommes, à l'image d'Angelo, sont totalement amoureux. On sait tout de suite et sans aucun doute qu'ils sont pris et à qui ils appartiennent. Aucun d'entre eux ne suit des yeux les femmes si légèrement vêtues qui déambulent dans le bar à la recherche de partenaires.

— C'est plus intime dans l'autre pièce et c'est plus facile de discuter, ajoute Max en suivant du doigt les lignes d'un tatouage sur la main de son mari.

— Entre autres choses, répond-il avec le sourire le plus sexy que j'aie jamais vu.

— Quelqu'un est-il contre le fait de retourner là-haut ? demande Izzy en me regardant bien en face, parce qu'un peu plus tôt, j'étais la seule à m'y être opposée.

— C'est votre soirée, dit le mari de Mia en nous regardant Angelo et moi.

Je hoche la tête, ne laissant aucun doute possible sur mon avis, et regarde Angelo par-dessus mon épaule. Il sourit et passe ses mains de haut en bas sur mes bras, ce qui me déclenche des frissons.

— Je me fiche d'où on est tant qu'on est ensemble, dit-il en m'enlevant les mots de la bouche.

Je n'ai pas conscience du nombre de verres que j'ai bus. J'ai l'impression que ma tête et mon corps sont dissociés. C'est comme si tout mon corps était couvert de fourmillements, et ce n'est pas dû à la proximité de mon futur mari, mais bien à cause de l'alcool qui coule dans mes veines.

Je ne me suis jamais considérée comme une buveuse de petit acabit. Mais ce soir, j'ai l'impression de fêter ma majorité, mon corps entier bourdonne alors que tout le monde autour de moi paraît sobre.

J'essaye de mémoriser les noms des cousins et je demande à Angelo en lui murmurant à l'oreille :

— Comment s'appellent-ils, déjà ?

Au point où j'en suis, je suis tellement bourrée que je n'ai aucune chance de les retenir, mais ça ne m'empêche pas d'essayer en gloussant de rire.

— Joe, Anthony, Thomas, Morgan, James et Mike, dit Angelo en pointant chaque homme du doigt, mais il parle trop vite pour que j'arrive à suivre.

— Est-ce que vous avez tous été élevés dans une ferme de types sexy ?

Je pouffe de rire, ce qui ne me ressemble pas du tout, avant d'avoir le hoquet.

Angelo prend ma joue dans la paume de sa main.

— Es-tu en train de dire que mes cousins sont sexy ? demande-t-il en haussant un sourcil.

— Je dis juste que personne n'a été une mauvaise pioche à la naissance, dis-je avec un sourire. Même les femmes sont toutes à tomber par terre.

Angelo se met à rire en balayant la pièce des yeux.

— Ma belle, murmure-t-il, faisant papillonner mon ventre, aucune n'est plus belle que toi.

Je cligne des yeux plusieurs fois pour essayer de rassembler les deux images d'Angelo que je vois devant moi, sans succès.

— Comment ai-je pu avoir autant de chance ?

— Oh mon Dieu, dit Mia. Regardez ce truc de dingue.

Izzy et James ne bougent pas. Ils sont trop occupés à se rouler des pelles à l'autre bout de la table comme deux ados qui ont fait le mur.

Je suis trop ivre pour bouger et Angelo a toute mon attention, sa main toujours posée sur ma joue. Mais tous les autres se rassemblent près de la vitre et plaquent leurs mains dessus en regardant dans la salle commune.

— Tu veux regarder ? demande Angelo.

Je secoue la tête.

— Je suis parfaitement bien là où je suis.

Pour être honnête, je ne suis pas certaine d'être capable de marcher jusqu'à la vitre sans tomber face contre terre. Mes jambes sont en caoutchouc et ne sont sûrement pas assez stables pour supporter le poids de mon corps dans une démarche décente jusqu'à la glace.

Une serveuse entre dans la pièce et la lumière du couloir m'aveugle momentanément. Tout est amplifié ; la lumière, le contact d'Angelo, mon désir. Elle place deux nouvelles bouteilles de champagne dans le seau près de notre table. Elle s'attarde un peu plus longtemps que sa précédente collègue et parcourt la pièce du regard. Elle prend sans aucun doute plaisir à mater tous ces hommes sexy qui remplissent le petit espace. À sa place, c'est ce que je ferais.

— Vinnie ? demande-t-elle en se décrochant presque la mâchoire. Vinnie Gallo ?

Bianca se retourne en premier. En plissant les yeux, elle observe la fille légèrement vêtue qui tient son plateau en regardant Vinnie comme un morceau de viande de premier choix. La serveuse a des seins si gros qu'ils menacent de sortir de son corsage.

Bianca s'avance et lui tend la main.

— Bianca… Je suis sa fiancée, dit-elle en mettant les choses au clair pour renvoyer la fille dans ses vingt-deux.

En entendant ces mots sortir de la bouche de Bianca, la serveuse hausse les sourcils jusqu'à ce qu'ils touchent presque la base de ses cheveux.

— Oh-oh, dis-je en regardant ce qui pourrait bien tourner au désastre devant mes yeux.

— Il fallait s'attendre à ce que son passé le rattrape de temps en temps, dit Angelo avec une pointe d'humour dans la voix.

Vinnie se retourne, non pas à cause de l'échange dans son dos, mais parce qu'il a tendu le bras vers Bianca et qu'elle n'était plus là.

— Melinda ? dit-il comme s'il n'y croyait pas. C'est toi ?

Bianca a les bras croisés devant sa poitrine et la tête inclinée. Je connais cet air-là. Je l'ai déjà vu sur elle quand les fans enragées de Vinnie tentent de revendiquer leur droit sur lui. Elle est prête à se jeter sur elles.

Vinnie passe un bras autour de sa taille, ne laissant aucun doute sur le choix qu'a fait son cœur, à la manière de tous les hommes ici présents.

— Ma douce, je te présente Melinda, dit-il comme si

Bianca allait tout à coup réaliser de qui il s'agit et apprécier cette fille et ses super gros seins. On a suivi le même
cours de catéchisme.

Je renâcle un coup sans savoir pourquoi et ce bruit
étrange est loin d'être un rire élégant. Imaginer Vinnie au
catéchisme, priant Jésus et étudiant la Bible me donne le
fou rire.

Avant que Bianca arrive dans sa vie, il était le pire
homme à femmes que j'avais jamais rencontré. Il ne croi-
sait pas une seule jupe sans la prendre en chasse, surtout si
elle était accompagnée d'une belle paire de jambes et de
gros nibards.

Bianca n'a pas l'air convaincue par cette histoire parce
qu'elle n'abaisse pas les épaules et son regard ne s'adoucit
pas.

— Ravie de vous rencontrer, dit-elle avec un sourire
tendu presque douloureux à regarder.

— J'aurais aimé avoir le temps de discuter, mais j'ai
des clients qui attendent. C'était sympa de te revoir, dit
Melinda en regardant Vinnie et Bianca l'un après l'autre.
Je suis tellement heureuse pour toi, pour ta réussite.

— Merci, Mel, répond Vinnie en souriant.

Il regarde Melinda tourner les talons, retourner vers la
porte et sortir, plongeant à nouveau la pièce dans la
pénombre.

— Merci, Mel, répète Bianca en se moquant de lui.
Sérieusement, y a-t-il une seule femme dans cette ville que
tu n'aies pas baisée ?

Vinnie resserre son bras autour d'elle en plongeant son
visage dans le creux de son cou.

— Tu es jalouse, ma belle ? Je veux dire, on peut lire

des versets de la Bible ensemble si ça te donne l'impression d'être à égalité avec Melinda.

— Tu n'as jamais couché avec elle ? lui demande Bianca sans détour.

C'est une des raisons pour lesquelles je l'aime autant.

À son âge, j'étais loin d'avoir suffisamment d'assurance pour être aussi directe qu'elle. Je tournais autour du pot en espérant que Mitchell verrait où je voulais en venir. En général, il ne comprenait pas et c'était entièrement de ma faute, à force d'avoir peur de lui demander les choses tout simplement. Mais Bianca n'est pas comme ça. Maintenant je suis comme elle, mais j'aurais aimé avoir le courage de l'être plus tôt.

Vinnie la couvre de baisers.

— Jamais, murmure-t-il dans son cou. Je ne l'ai jamais regardée sous cet angle-là, d'ailleurs.

— Tu regardes toutes les femmes sous cet angle-là, lui répond Bianca du tac au tac, mais elle incline la tête pour lui offrir sa peau à embrasser.

— Je *regardais* toutes les femmes sous cet angle-là, ma belle. Maintenant tu es là et je n'ai personne d'autre en tête.

Je fonds un peu à l'entendre parler comme ça. Bon sang, j'adore les hommes de cette famille. Ils savent exactement quoi dire et quand pour que n'importe quelle femme leur mange dans la main.

CHAPITRE 7
ANGELO

TILLY

— TU ES ABSOLUMENT MAGNIFIQUE, dit Daphne en me prenant dans ses bras. Je suis si heureuse que tu deviennes enfin ma sœur.

— Je t'aime, lui dis-je à l'oreille dans un murmure avant qu'elle s'écarte.

Je ne peux pas le dire plus fort, je ne sais pas trop comment sonnerait ma voix dans un moment pareil. Je suis susceptible de me mettre à pleurer, ce qui ne serait pas la première fois de la journée.

— Maintenant, tu as trois sœurs, intervient Delilah en poussant Daphne du coude pour prendre sa place. On est une vraie famille à présent.

La vie est une drôle d'aventure. Le temps d'un battement de cœur, je suis passée d'une réalité où il n'était question que de Roger et moi à une famille si nombreuse que mon cœur ne pourrait pas être mieux rempli.

— Je ne sais pas ce que j'ai fait pour mériter tout ça, dis-je doucement en posant mes doigts au coin de mes yeux avant que ma vision se trouble.

— Tu mérites tout ça autant que nous toutes, me dit Bianca en sortant un mouchoir de son petit sac à main pour me le tendre. Ne fous pas ton maquillage en l'air, ma chérie.

Je prends le mouchoir et sèche mes larmes de bonheur. Je me sens idiote de pleurer de joie alors que je n'ai même pas encore foulé l'allée centrale.

— On va te laisser seule un moment. On va attendre dehors que tu sois prête, dit Daphne en chassant les autres filles vers la porte avant qu'elles n'aient pu protester.

Quand je m'approche du grand miroir en pied en clignant des yeux, j'ai une bouffée d'adrénaline dans le ventre. Je n'aurais jamais cru me retrouver là, vêtue d'une robe en dentelle et soie douce, prête à me marier.

La porte s'ouvre et j'entends un petit cri.

— Comme tu es belle ! me dit Tate qui se tient dans l'entrée aux côtés de sa grand-mère.

Elle ressemble vraiment à une petite princesse dans sa robe en dentelle rose parfaitement assortie à la mienne, avec le diadème en cristal que je lui ai acheté pour l'occasion. C'est un grand jour pour Tate et Brax, autant que pour Angelo et moi. Leur vie va complètement changer, comme la mienne.

Je me tourne vers elle et lui fais signe d'approcher.

— Viens-là, mon ange.

Tate et Brax sont, avec Angelo, mes rayons de soleil. Ils peuvent compter sur moi pour prendre soin d'eux, les élever et les aimer. Tate m'a adoptée comme si j'étais sa mère et je l'aime comme si je l'avais mise au monde et qu'elle était de mon sang.

Elle se précipite vers moi et m'entoure de ses bras minuscules en plongeant son visage dans ma robe.

— Je suis tellement contente, dit-elle d'une voix feutrée.

Comme je voudrais lui parler avant la cérémonie, je demande à Betty :

— Tu pourrais nous laisser une minute ?

— Bien sûr, chérie, répond Betty en hochant la tête avant de refermer la porte derrière elle pour nous laisser seules.

Je prends Tate par la main et la guide vers la banquette. Elle me saute quasiment sur les genoux, n'ayant que faire de nos tenues apprêtées. Elle balaye ses longs cheveux bruns en arrière d'un revers de main et lève vers moi ses grands yeux bleus. Je lui demande :

— Tu es prête ?

Elle hoche la tête en tremblant et me répond en murmurant pour arriver à contenir son excitation :

— Je suis si heureuse…

— Comment trouves-tu ton père ?

— Il est très beau ! répond-elle en souriant.

Angelo est toujours beau, quoi qu'il porte. Même en pantalon de pyjama, il défie toute concurrence. Et quand il ne porte rien… n'en parlons pas.

— Il va bien ?

— Il est impatient, répond-elle en acquiesçant rapidement.

Rien n'est plus important pour moi que le bonheur de cette petite fille, alors je lui demande :

— Et toi, tu es contente ?

Elle se tourne sur mes genoux et pose sa main sur ma peau au-dessus de mon décolleté en cœur.

— Oui.

— Tant mieux, dis-je en la serrant contre moi.

J'embrasse ses joues rondes en prenant garde à ne pas abîmer mon maquillage en la barbouillant de rouge à lèvres. Elle touche le petit diamant que je porte en pendentif.

— Brax et moi, on a une question à te poser, dit-elle d'une façon tellement mature.

— Tout ce que tu voudras, mon ange.

Elle baisse les yeux un instant et puis se lance :

— On veut savoir si on peut t'appeler maman.

Ma vue se trouble. Pas une seconde je n'aurais imaginé qu'elle me poserait cette question juste avant qu'on marche vers l'autel. Mon cœur s'emballe et je déborde de tant de joie et d'amour que j'ai peur d'exploser.

— Vous aimeriez ?

Je peux à peine prononcer ces mots sans fondre en larmes.

— On a besoin d'une maman, répond-elle en acquiesçant.

Elle me fend le cœur. Je suis littéralement bouleversée par cette petite fille assise sur mes genoux qui me supplie d'être sa maman. Rien ne me ferait plus plaisir, mais je ne veux pas qu'elle oublie sa propre mère. Même si je serai toujours là pour elle, je ne pourrai jamais remplacer la femme qui l'a mise au monde.

— Vous en avez une, mon cœur, dis-je en poussant une mèche de ses cheveux derrière son épaule. Elle n'est peut-être pas là avec vous, mais elle sera toujours votre maman.

— Cole a deux mamans.

Cole est son meilleur ami, à l'école. C'est vrai qu'il a deux mamans, mais il n'a pas de papa, contrairement à Tate.

— Oui, il en a deux.

Je n'ajoute rien. Puis, je prends son visage au creux de mes mains.

— Je serais la femme la plus heureuse du monde de t'avoir comme fille, Tate. Rien ne pourrait me faire plus plaisir.

— Alors c'est oui ? demande-t-elle avec tellement d'espoir dans les yeux que je ne peux qu'acquiescer.

Son corps vibre d'excitation.

— C'est le plus beau jour de ma vie, dit-elle.

— C'est presque l'heure, dit Roger depuis l'entrée. Tu es prête ?

Il est magnifique, dans son costard immaculé et hors de prix.

— Une seconde… dis-je avant de reporter toute mon attention sur Tate que j'entoure tendrement de mes bras. Je t'aime, Tate.

— Je t'aime aussi, maman, répond-elle.

Puis, elle se défait de mon étreinte, file vers la porte et passe près de Roger. Les larmes que j'ai contenues in extremis se mettent à couler et gagnent en intensité alors que le pouvoir et l'importance de ses derniers mots me frappent de plein fouet.

— Oh, merde ! Ne pleure pas ! Tu vas ruiner ton maquillage, dit Roger en se dirigeant vers moi, prenant au passage un mouchoir dans une boîte près de la porte.

— Tu l'as entendue ?

Je baragouine ma question avec un visage tout chiffonné, dans la pire grimace de lamentation de tous les temps. Ce n'est pas beau à voir et je suis soulagée qu'elle ait attendu qu'on soit seules pour me dire ces mots-là.

Roger acquiesce.

— Cette enfant a le chic pour choisir le bon moment, dit-il en riant avant de se pencher vers moi pour me donner le mouchoir.

Je l'appuie sur mon visage en faisant attention à ne pas étaler mon maquillage qui, je suppose, a déjà coulé sur mes joues. Roger plonge une main dans sa poche et en ressort deux enveloppes.

— J'ai deux lettres pour toi, aujourd'hui.

Je hausse les sourcils. J'ai bien peur qu'on n'ait pas fini d'ouvrir les vannes.

— Une qui vient du passé et une de ton avenir, déclare-t-il en les posant dans ma main. Prends le temps de les lire. Les gens attendront.

— Regarde-moi, dis-je à travers mes larmes en remarquant tout le mascara sur le mouchoir.

— Je vais appeler Martin. C'est le meilleur maquilleur de travestis de Chicago. Il pourra arranger ça.

Je ris et pleure à la fois en serrant les enveloppes.

— Respire, Tilly.

J'inspire en essayant de me calmer, même si c'est impossible. Je doute qu'il y ait dans ces enveloppes de quoi arrêter mes larmes.

— Je reviens dans quelques minutes, dit Roger en tapotant mes mains avant de s'en aller vers la porte.

Je le regarde sortir et prends une autre profonde inspiration. Une fois seule, je baisse les yeux sur les deux écritures masculines en essayant de me préparer à vivre un autre chamboulement émotionnel.

Je pose la lettre d'Angelo avec précaution sur mes genoux avant d'ouvrir celle de Mitchell.

Tilly,

Ceci n'est pas un adieu. Un amour comme le nôtre n'aura jamais de fin, il sera à l'image des plus grandes galaxies de l'univers, mais avec des trajectoires différentes.

Aujourd'hui, c'est le jour de ton mariage. J'y ai pensé en prenant certaines dispositions au cas où il m'arriverait quelque chose. Je me doutais que tu pleurerais mon absence et te fermerais au monde. Mais j'espérais que Roger t'aiderait à t'en remettre en te rappelant toutes les bonnes raisons de vivre.

Si tu lis cette lettre, c'est que tu as retrouvé l'amour. Je n'ai plus besoin de m'inquiéter en te sachant seule. Je peux reposer en paix, rassuré de savoir qu'il y a quelqu'un qui t'aime comme tu mérites d'être aimée.

Je veux que tu saches que je suis heureux. C'est un jour de fête, il n'y a pas de place pour les regrets. Arrête de pleurer ce que tu as perdu et regarde tout ce que tu as gagné.

On a de la chance d'avoir connu le grand amour dans notre vie. Béni soit le jour où je t'ai rencontrée. Mais tu as trouvé quelque chose de rare à nouveau. Accroche-toi à ça. Prends-en soin. Donne le meilleur de toi-même et souviens-toi que chaque instant est précieux.

Je serai avec toi aujourd'hui et pour toujours. Même si tu ne me vois pas et ne peux pas me toucher, je veillerai sur toi jusqu'à ton dernier souffle.

Quand tu feras ton premier pas dans l'allée qui mène à l'autel, regarde vers l'avenir sans penser au passé. Tourne le dos à la douleur, enterre la peine et marche vers le futur.

Vis ta vie pleinement.

Sois fière.

Aime avec force et intensité.

Sache que je t'aimerai toujours.

À toi pour toujours,

Mitchell

— Je t'aime, Mitchell, dis-je dans un murmure en repliant la lettre avec précaution. Pour toujours.

Des bribes de notre vie ensemble défilent dans ma tête, comme un film en accéléré. Tant d'amour. Tant de bonheur. Puis la douleur de l'avoir perdu pour toujours.

Je prends l'enveloppe d'Angelo et en retire la lettre en fermant les yeux.

Tilly,

Quand tu marcheras vers l'autel aujourd'hui, je ne regarderai que notre avenir. Même si nos passés douloureux nous ont rapprochés pour forger un amour et une compréhension mutuelle qu'aucun autre couple ne peut comprendre, nos âmes seront unies à jamais dans la joie et l'amour.

Nos passés nous définissent. On ne peut pas effacer ce qui nous est arrivé ni oublier ce qu'on a perdu. Mitchell et Marissa feront toujours partie de qui nous sommes, ils seront toujours cette force qui nous a poussés l'un vers l'autre.

Aujourd'hui, je te prends pour femme, te faisant mienne pour toujours et me donnant à toi tout entier. Non seulement je te donne mon âme, mais aussi ma famille.

Tate et Brax sont fous de toi et je sais que tu les aimeras comme tes propres enfants.

Je te protègerai toujours envers et contre tout et ferai de mon mieux pour t'éviter toute souffrance jusqu'à mon dernier souffle.

Merci d'être entrée dans ma vie et de m'avoir ouvert ton cœur pour me prouver que l'amour était encore possible. Un jour, j'ai cru que mon cœur était mort à jamais, mais tu l'as ramené à la vie et grâce à toi, je suis entier à nouveau.

Maintenant, viens me rejoindre, mon amour. L'avenir nous attend.

Je t'aime, Tilly.

À toi,

Angelo

Je suis au bord de l'hyperventilation et j'ai du mal à déchiffrer la dernière phrase à cause des larmes qui emplissent mes yeux. Comment une femme pourrait-elle marcher dignement vers l'autel sans avoir l'air sens dessus dessous après deux lettres pareilles ? C'est impossible.

Je laisse couler mes larmes et s'insinuer dans mes veines la tristesse liée aux mots de Mitchell avant d'épouser Angelo et ses vœux concernant notre avenir ensemble.

— Oh merde. Code rouge, ma chérie, dit Martin en déboulant dans la pièce, un sac de maquillage à la main qui est plus volumineux qu'une valise. Tu dois te reprendre, ou je finirai par ne plus rien pouvoir faire pour toi.

Il pose une main sous mon menton et fait basculer ma

tête d'un côté à l'autre. Je renifle comme si ça pouvait miraculeusement faire disparaître toutes mes boursouflures et demande :

— C'est si affreux que ça ?

Martin fait une grimace.

— Non. C'est faisable, ment-il.

Je ferme les yeux et grogne.

— Je suis horrible à voir.

Martin pose son sac à terre et s'agenouille devant moi.

— Regarde-moi, ma chérie, dit-il doucement.

J'ouvre les yeux et jette un coup d'œil à l'homme assis devant moi qui, au passage, a des cils qu'envierait n'importe quelle fille.

— Tu es belle, et quand tu sortiras de cette pièce, tu seras d'une beauté féroce.

J'ai envie de protester : la férocité n'est pas exactement l'allure que je visais pour le jour de mon mariage. Mais je suppose que ça sera toujours mieux que le sale état bouffi dans lequel je suis actuellement.

— Opère ta magie, dis-je en trouvant la force de sourire.

Dix minutes plus tard, Martin me tend un miroir en m'observant.

— Je mérite de remporter un prix pour cette œuvre d'art, dit-il en affichant le plus grand des sourires.

Je me regarde, abasourdie par le travail qu'il vient de faire. On ne dirait même pas que j'ai versé une seule larme.

— Tu es un génie.

— Ma chérie, dis-moi quelque chose que je ne sais pas

déjà, dit-il avant d'ouvrir la porte à Roger qui attend. Elle est prête.

Roger me dévisage bouche-bée.

— Wahou, Martin… Je savais que tu y arriverais.

Martin fait glisser un doigt le long de la cravate de Roger.

— Tu m'en dois une bonne, mon grand.

— Tu sais que je paye toujours mes dettes, répond Roger avec un clin d'œil avant de me regarder par-dessus l'épaule de Martin et de s'éclaircir la voix. Tu es prête ? Tout le monde attend.

Je me lève, prends une profonde inspiration et marche vers mon avenir.

CHAPITRE 8
ANGELO

ANGELO

— RESPIRE, mon frère, dit Lucio en secouant la tête doucement, la main sur mon épaule. Tu es déjà passé par là.

Ses mots ne m'apportent aucun réconfort. Je ne suis pas nerveux de me marier. Tilly est ce qu'il m'est arrivé de mieux depuis la disparition de Marissa.

Mais je n'avais jamais imaginé pouvoir être heureux à nouveau. Après un chagrin si grand, la possibilité de trouver ne serait-ce qu'un petit bout de quelque chose de magique me semblait utopiste.

— Je vais bien, mec.

Je me lève et secoue les mains pour me débarrasser de ce qui me ronge les sangs.

— C'est l'heure, annonce Roger qui se tient à l'entrée de la chambre dans laquelle nous avons été séquestrés près de l'autel.

Je demande :

— Tu lui as donné la lettre ?

Roger acquiesce.

— On lui arrange son maquillage maintenant.

— Merde.

Je passe mes doigts dans mes cheveux. J'aurais dû la lui donner hier soir, je le savais.

Roger s'avance et me donne une claque sur la main.

— Arrête de faire ça. Maintenant, je vais devoir arranger ce bazar, dit-il en se mettant à me tripoter les cheveux.

Il lisse les mèches que j'ai décoiffées. Entre chaque mouvement, il me lance de brefs coups d'œil.

— Arrête de stresser. C'est un jour heureux.

— Roger, tu es l'un des nôtres maintenant, dis-je en levant les yeux vers lui.

Il y a certaines choses qui doivent être dites et qui auraient dû l'être depuis longtemps.

— Nous sommes ta famille.

Roger a subi une grande perte le jour où son frère est mort. Après la perte de son frère, il n'a plus eu de famille. Son univers a basculé en une seconde, il n'avait plus personne à qui s'identifier.

— Quoi ? demande-t-il en écarquillant les yeux.

Je tends un bras pour attraper le sien.

— Tu fais partie de notre famille, maintenant, Roger. Tu es mon frère aussi. Ma famille est la tienne.

Lucio, Vinnie et Leo cessent alors de s'affairer et nous rejoignent.

— Vous feriez…

La voix de Roger reste en suspens alors que des larmes lui montent aux yeux. Il nous regarde les uns après les autres.

Lucio lui touche l'épaule et dit :

— La famille, c'est plus que des liens du sang.

— Aujourd'hui, tu deviens l'un des nôtres, dis-je en regardant droit dans ses yeux pleins de larmes et son visage se chiffonne en une épouvantable grimace. Tu ne seras plus jamais seul.

— Mon Dieu, lance Roger. Vous voulez vraiment tous nous défigurer pour les photos de mariage ?

J'éclate de rire. C'est bien Roger ! Il a des comportements tellement masculins dans certains cas, et tellement féminins dans d'autres.

Vinnie s'approche et lui tend un mouchoir.

— Essuie tes larmes, princesse. Tu as une fiancée à guider jusqu'à l'autel.

Roger se tamponne le visage avec le mouchoir en prenant soin de respirer lentement et profondément.

— Tu as vraiment le chic pour choisir tes moments… me dit-il en chiffonnant le tissu dans la paume de sa main.

— Va chercher ma chérie et mène-la jusqu'à moi.

Je prends une profonde inspiration en frottant lentement mes mains l'une contre l'autre. Il me semble avoir attendu ce jour pendant une éternité, alors que ça ne fait qu'un an.

Roger me gifle l'épaule et se dirige vers la porte. Juste avant de disparaître dans le couloir, il s'arrête et se retourne vers nous.

— Je vous aime, les gars, dit-il doucement, encore bouleversé.

— Ouais, ouais, dit Vinnie en remuant son bras vers Roger avant de s'avancer vers lui. Comment pourrais-tu faire autrement ? Maintenant, va chercher Tilly. On a un mariage à célébrer.

Une fois que Vinnie a chassé Roger de la pièce, je lui demande :

— Tu es prêt à en faire autant bientôt ?

Il tripote sa cravate en regardant le carrelage sombre au sol.

— Je n'ai jamais été aussi prêt pour quoi que ce soit dans ma vie.

Je souris en me demandant quand mon frère va enfin révéler le secret qu'il essaye de garder envers et contre tout.

— Tu seras un bon père.

Il tourne les yeux vers moi.

— Un jour ou l'autre, répond-il comme si j'étais idiot.

— Arrête, mec. Je sais que tu l'as mise en cloque, ta Bianca.

Lucio renverse sa tête en arrière.

— Quoi ?

Je désigne Vinnie d'un coup de menton. Il a la bouche ouverte.

— Ça fait des mois qu'il nous le cache, Lucio. Je croyais que tu savais. Tu n'as pas remarqué qu'elle n'a pas bu d'alcool hier soir ?

— Je ne savais pas, dit-il en secouant la tête.

Vinnie se rapproche de moi et me regarde droit dans les yeux.

— Pas un mot à qui que ce soit.

Je lève les mains en l'air.

— Bouche cousue, mon frère. Mais au bout d'un moment, il va bien falloir que tu l'annonces. Bianca commence à s'arrondir.

Lucio se frotte le front.

— Comment ai-je pu être aveugle à ce point ?

— Nous l'annoncerons quand le mariage sera proche.

— Parce que… ? dis-je en le dévisageant, confus.

— Je suis presque sûr que son père va vouloir me tuer. Plus on sera proches du mariage, plus grandes seront mes chances de survie.

Je me mets à rire.

— Il pourrait vouloir te tuer de toute façon ! Je sais que si un type mettait Tate en cloque, je l'étranglerais à mains nues jusqu'à ce que mort s'ensuive.

Vinnie déglutit.

— Son père s'y fera.

Je hausse un sourcil. Il ajoute :

— Je veux dire… Il faudra bien. Ce n'est pas non plus comme si j'avais pris la virginité de sa fille.

Je secoue la tête lentement.

— Ne sors pas cet argument pour raisonner son père. Ça ferait de toi un homme mort en un rien de temps.

— Bon, on trouvera au moment voulu, non ?

J'acquiesce.

— Je n'aurais jamais cru voir le jour où tu te caserais et deviendrais père de famille.

Je prie de toutes mes forces pour que Vinnie ait une fille. Il se rongerait les ongles jusqu'au sang en sachant quels genres d'hommes il y a dehors. Il était l'un d'eux, après tout. Celui qui voulait leur arracher leur culotte, le pire cauchemar de tous les pères.

— Taisez-vous ! dit-il en levant une main.

— Alors, les filles, vous avez fini de bavasser ? demande papa en s'emmêlant les doigts dans ses boutons de manchettes, debout à l'entrée de la pièce.

Lucio passe près de mon père en grognant et je lui emboîte le pas. Plus je m'approche de l'autel, plus le nœud dans ma gorge se desserre.

Les yeux de Ma sont braqués sur moi tandis que je m'avance et viens me poster près de la dernière marche pour attendre ma chérie. « Je t'aime » articule-t-elle en silence.

Je lui adresse un clin d'œil et repère les mouchoirs en boule qui s'accumulent déjà sur ses genoux. Cette femme est une vraie fontaine pendant les mariages. Elle l'a toujours été et le sera toujours. C'est une dure à cuire le reste du temps. Personne ne marche sur les pieds de Betty Gallo, l'Irlandaise colérique qui n'a rien perdu de son bagout avec le temps. Mais il y a quelque chose dans les mariages qui la fait toujours fondre en larmes.

Je parcours des yeux les gens rassemblés dans l'église, repérant tous les amis et les membres de la famille qui sont venus aujourd'hui nous voir devenir enfin mari et femme. La famille est surtout de ma branche et les amis sont un mélange entre les siens et les miens. Certains parents sont venus de loin, il y en a même quelques-uns qui sont venus d'Italie pour célébrer mon grand jour… à nouveau.

Je me tourne vers mes frères qui piaffent parce qu'ils détestent autant que moi être le centre de l'attention. Se tenir ici avec tous ces regards braqués sur nous, ça nous fait largement sortir de notre zone de confort.

Dès que les premières notes de piano retentissent et que les doubles portes s'ouvrent à l'autre bout de l'allée centrale, tout le monde se lève et tourne les yeux vers le fond de l'église et Dieu merci, loin de nous.

Daphne est la première à remonter l'allée. Elle porte

une robe d'un rouge profond, a les cheveux relevés et les yeux braqués sur son mari qui se tient à côté de Vinnie. Parfois, j'oublie que ma sœur a grandi et qu'elle a fondé sa propre famille. Je me demande comment le temps a pu passer si vite.

Bianca n'est pas loin derrière Daphne. Elle essaie de cacher son ventre arrondi derrière le bouquet de fleurs qu'elle tient sous son estomac. Je me tourne vers mon frère et le surprends presque en état de transe alors qu'il regarde sa fiancée. Je ne l'ai jamais vu aussi mordu d'une femme, mais je dois reconnaître que ça lui va bien.

Delilah tient Lulu par la main, guidant la petite qui marche sur ses minuscules jambes potelées en chancelant le long de l'allée. Il n'était pas question de l'oublier pour le grand jour, mais elle est trop petite pour marcher sans être accompagnée. On ne pouvait pas non plus être sûr que Tate arrive à traverser l'allée en restant sagement sur ses deux pieds.

Tate et Brax se tiennent la main, debout devant la double porte aux côtés de mon père qui les empêche de partir dans la foule en courant. Tate est adorable dans sa longue robe rose pâle, elle qui voulait ressembler à Tilly pour ce grand jour. Brax ressemble à un petit homme dans son costume, et je prie pour qu'il arrive à garder la cravate au moins le temps des photos. Les paris sont ouverts. Il a déjà déclaré qu'il détestait le contact du tissu raide contre sa peau.

Tate, fidèle à elle-même, traîne quasiment Brax dans l'allée avant de le relâcher pour plonger ses mains minuscules dans le panier de pétales de fleurs.

Tate adore être le centre de l'attention.

Elle se délecte de voir les gens assis sur les bancs d'église l'admirer en souriant. Ma fille n'a pas une once de timidité en elle et je sais que ça ne sera pas de la tarte de la gérer quand elle grandira.

Brax regarde sa sœur jeter les pétales en l'air d'un geste si théâtral qu'il fait rire tous les invités.

Mon cœur se serre dans ma poitrine en voyant mes deux bébés se diriger vers moi. Ils sont si matures tout en étant si petits. C'est la conséquence des tragédies et les plus petits d'entre nous n'y échappent pas. Marissa serait si fière des enfants et, je l'espère, du père que j'ai été en son absence. Il n'y a pas un seul jour qui passe sans que je pense à elle. Les enfants ravivent son souvenir dans mon cœur en étant les petits clones de leur mère de bien des façons.

Quand Brax et Tate arrivent enfin devant les marches de l'autel, Daphne se précipite pour les accueillir et s'assurer qu'ils arrivent en haut en un seul morceau.

Brax me fonce dessus et prend ma main pendant que sa sœur foule les marches d'un pas lourd en faisant autant de bruit que possible avec ses chaussures élégantes sur le marbre dur et froid. Je me retiens de rire en voyant Daphne tirer Tate de son côté de l'autel alors que la petite continue à lancer en l'air des pétales de fleurs comme si c'était des confettis.

Quand Tilly et Roger apparaissent au milieu des portes ouvertes, ma main resserre son emprise sur l'épaule de Brax. La seule vue de Tilly vêtue de blanc, entourée de volants de dentelle et de soie, me fige sur place. Elle fait son premier pas vers moi et tout l'air disparaît de mes poumons. Sa main est nichée au creux du bras de Roger mais ses yeux sont braqués sur moi.

Même s'il s'agit d'un second mariage pour chacun de nous deux, je voulais offrir à Tilly une grande cérémonie. Avec Mitchell, ils avaient fait un mariage discret à la mairie.

Cette fois-ci, elle aura le mariage de ses rêves, énorme, somptueux, excessif. J'ai veillé à ce que tous ses vœux soient exaucés.

Je ferais n'importe quoi pour la femme qui marche à présent vers moi, prête à devenir mon épouse. Je suis prêt à tout pour la faire sourire. Elle a fait de moi un homme heureux, ramenant la joie dans ma vie quand j'étais perdu dans l'obscurité.

Quand Tilly s'approche de l'autel, Lucio prend Brax avec lui. Je m'avance, les mains serrées devant moi pour m'empêcher d'arracher Tilly des bras de Roger.

Elle me sourit et la douleur nichée au plus profond de mon âme disparaît pour faire place au réconfort, à l'amour et à l'espoir.

Je ne sais pas ce que j'ai fait pour mériter de connaître à nouveau un amour si grand. J'en ai tellement voulu à Dieu pendant la maladie de Marissa, lors de sa mort et même après, croyant être voué à rester seul pour toujours. Dieu et moi, nous n'avons pas été en bons termes ces dernières années, mais il faut croire que ça n'a pas empêché le grand patron de mettre sur mon chemin, pour la deuxième fois, une personne aussi spectaculaire.

— Qui donne la main de cette femme à cet homme ? demande le prêtre derrière moi.

Roger me regarde un instant avec émotion.

— Moi, dit-il avant de se tourner vers Tilly en lui adressant un sourire.

Elle se tourne face à lui et il se penche pour déposer un baiser sur sa joue. Ils se prennent dans les bras un instant et s'échangent quelques murmures avant de se séparer. Roger soulève la main de Tilly vers moi et je la prends.

C'est un grand jour aussi pour Roger. Tilly a été de sa famille pendant des années, sa seule famille pour ainsi dire, depuis la mort de Mitchell. On a fait tout ce qu'on a pu pour l'inclure dans notre tribu un peu folle. Ce moment ne le laisse pas indifférent. Il a les yeux aussi rouges que ma mère tandis qu'il s'éloigne après m'avoir officielle-ment donné Tilly devant Dieu et ma famille.

— Je t'aime, dis-je tout doucement à l'oreille de ma chérie tout en l'aidant à monter les marches.

Elle lève les yeux vers moi en affichant le plus grand sourire qui soit.

— Je t'aime aussi.

Je plonge mes yeux dans ceux de la femme que j'aime et je sens la douleur du passé fondre tandis que le bonheur de notre avenir ensemble me remplit le cœur.

CHAPITRE 9
TILLY

APRÈS UNE BONNE heure passée à accueillir des invités, je demande à Angelo :

— Qui sont tous ces gens ?

Je ne peux m'empêcher de comparer la situation aux voitures de clown dans les cirques. Les gens ne cessent d'apparaître, encore et encore. La file de personnes attendant de nous serrer la main, de nous féliciter pour notre mariage et de déposer une enveloppe dans la boîte semble infinie. Juste au moment où je crois qu'on arrive au bout, le groupe des cousins d'hier soir arrive.

Angelo rigole en m'attirant contre lui pour m'embrasser sur la tête.

— Je t'avais dit que j'avais une grande famille.

— Grande est un euphémisme, mon chéri.

Un très bel homme d'âge mûr vient s'arrêter devant Angelo.

— Mon garçon, tu as l'air heureux. Ça fait plaisir de te voir sourire.

Angelo le prend affectueusement dans ses bras.

— Oncle Sal, je suis si content de te voir.

J'ai entendu parler d'oncle Sal, le frère de Santino qui habite en Floride, et de leurs années débridées quand ils étaient jeunes. Sal ressemble à Santino, avec un peu moins de mèches grises dans sa chevelure.

Sal se tourne vers moi et son sourire s'épanouit.

— Ah, Tilly, ma chère, dit-il en prenant ma main pour la porter à ses lèvres. Encore plus belle que j'aurais pu imaginer.

Sa façon de me regarder me fait rougir. Il a une lueur diabolique dans les yeux tandis qu'il me baise la main. J'imagine facilement combien de cœurs Sal et Santino ont brisés dans les rues de Chicago, à l'époque.

— Je suis ravie de vous rencontrer, dis-je, incapable de cacher mon sourire quand il se redresse.

— Tout le plaisir est pour nous, dit-il en poussant doucement une dame devant moi. Voici ma femme, votre tante Maria.

Cette femme est d'une beauté renversante. Ce qu'elle est belle, dans sa longue robe en soie noire qui épouse à la perfection la moindre courbe de son corps…

— Eh bien, en voilà une beauté, dit-elle et, avant même que j'aie pu répondre, elle m'attrape et me serre contre elle à m'en faire manquer d'air. Ne la laisse pas filer, celle-là, Angelo. Et toi, ne le laisse pas te dominer. On en reparlera. Tu as affaire à un Gallo.

Elle s'écarte de moi en m'adressant un clin d'œil et je ris sous cape. Tous les hommes de cette famille aiment revendiquer leur autorité. Ils ne sont pas différents des gentlemen du Sud avec leur instinct naturel qui les pousse à se prendre pour les maîtres de l'univers et, au passage, de leur propre femme.

Angelo est différent. Il est autoritaire bien sûr, mais j'ai appris à l'apprivoiser et à lui faire entendre raison. Le fait qu'une petite enfant le mène par le bout du nez aide aussi à assouplir son caractère.

— On n'est pas autoritaires, tante Mar, lui dit Angelo.

Elle pose une main sur sa joue et lève vers lui des yeux débordant d'amour.

— Oh mais si, vous l'êtes, mon chéri. C'est dans vos gènes, vous n'y pouvez rien, mais c'est notre job à nous, vos femmes, de vous aider à vous adapter.

Angelo rigole pendant que Sal lève les yeux au ciel et marmonne dans sa barbe quelque chose à propos de lui montrer plus tard qui est le chef.

Tous les cousins d'hier soir sont derrière Sal et Maria, avec aussi quelques nouveaux visages. Tout le monde papote et personne ne prête attention à notre conversation.

— Il paraît que vous vous êtes bien amusés, hier soir, dit Maria en se poussant sur le côté pour laisser les autres venir nous féliciter.

J'imagine que personne ne lui a dit ce qu'il s'est vraiment passé hier soir, à savoir qu'on a fini tous ensemble dans un sex-club à boire beaucoup trop d'alcool. Je ne pipe pas mot. Je pense qu'il est préférable que les aînés n'aient pas tous les détails de notre aventure.

Je les regarde les uns après les autres, les voyant pour la première fois en pleine lumière et sur leur trente-et-un. Les hommes sont balèzes avec ce côté sombre et mysté-rieux qui leur est caractéristique. Des épaules larges, des aperçus de tatouages sur les parties visibles de leur peau, tous diaboliquement sexy... Les femmes sont belles et très différentes les unes des autres ; il est clair que les frères ont des goûts bien différents.

Joe s'avance.

— Suzy et moi sommes si heureux pour vous deux, dit-il d'une voix profonde.

Je suis sûr qu'il fait tourner la tête de la plupart des femmes et son timbre suave ne me laisse pas indifférente.

— Bienvenue dans la famille, dit Suzy en me prenant spontanément dans les bras. C'est toujours une grande joie d'avoir de nouvelles cousines.

Pendant qu'elle me serre contre elle, je pense à ce qu'elle vient de dire. Je n'ai jamais vraiment eu de famille. La mienne était toute petite et quand mes parents sont morts, je n'ai plus eu que Mitchell et Roger. À présent, en regardant tous ces gens, je réalise que mon petit monde a explosé à la façon du big bang et à la place des étoiles, mon ciel est plein de personnes de la même famille.

Son mari l'attire près de lui, geste qu'Angelo a eu envers moi plus de fois que je ne saurais compter.

— Voici nos enfants, dit-il en leur faisant signe de s'approcher, ce qu'ils font. Voici Gigi, Luna et Rosie.

Il les présente en les désignant l'une après l'autre. Gigi n'est plus une enfant. Elle a quasiment fini de grandir et son père ne va probablement pas tarder à s'arracher les cheveux à cause d'elle. En fait, elles vont sûrement toutes lui donner du fil à retordre en grandissant. Elles sont un parfait mélange entre leur père et leur mère, belles à croquer.

Luna et Rosie m'adressent toutes les deux un petit sourire, mais Gigi reste penchée sur son téléphone jusqu'à ce que son père s'éclaircisse la gorge. Quand il passe derrière elle en la plongeant dans son ombre, elle finit par lever les yeux.

— Je suis désolée, dit Gigi, ignorant son père pour s'adresser à moi directement. Ce que les hommes peuvent manquer d'autonomie, dit-elle en levant les yeux au ciel, et je craque immédiatement pour cette petite. Mon petit ami n'aime pas me savoir si loin.

Pendant qu'elle parle, je jette un coup d'œil à son père. Il regarde en l'air, la mâchoire serrée et les poings fichés sur sa taille. Ouaip, elle va lui donner plus que deux ou trois cheveux blancs, c'est sûr.

— Pas de problème, dis-je en souriant. Ils ne s'arrangent pas en vieillissant, mais la frontière est mince entre aimer et étouffer.

Gigi fait rouler ses yeux sous ses paupières et ça fait grogner Joe. Apparemment, mon message ne fait pas mouche. Ça prend des années pour faire la différence. La sagesse vient avec le temps, tout comme une tonne de leçons difficiles à encaisser.

— Elles grandissent tellement vite, dit Suzy en s'accrochant au biceps de son mari. N'est-ce pas, chéri ?

Joe baisse les yeux sur sa femme et tout l'agacement provoqué par sa fille disparaît instantanément.

— Bien trop vite, ma douce, répond-il tendrement.

— Donne-moi ce téléphone, Giovanna, dit Maria, sa grand-mère, en tendant la main. Il pourra te parler plus tard. Dis-lui au revoir et passe-moi ton portable. Nous sommes en famille aujourd'hui.

Gigi n'a pas l'insolence de répondre à sa grand-mère. Elle tape sur le petit écran avec acharnement sous les yeux de tous. Quelques secondes plus tard, le téléphone est dans la main de Maria et tout le monde a l'air content – excepté Gigi.

Je lève les yeux au-dessus de Joe et de Suzy vers le cousin le plus grand qui tient la main de sa femme comme si c'était sa ligne de vie. À côté de lui, tous les gens dans la salle sont ridiculement petits et ressemblent aux êtres miniatures peuplant le monde du *Magicien d'Oz*.

— Mia et moi sommes fous de joie pour vous deux.

Il sourit et me fait fondre un peu.

— Voici notre fille, Lily, et notre fils, Stone.

J'essaye de mémoriser les noms et les visages mais bon Dieu, ils sont si nombreux ! Je ne m'en souviendrai jamais. Du moins, pas aujourd'hui. En plus j'ai une sacrée gueule de bois, malgré les innombrables pilules que j'ai avalées.

J'ouvre les bras à Mike puis à Mia.

— Ça fait beaucoup d'un coup mon ange, je sais, dit Mia comme si elle lisait dans mes pensées. On est comme une petite armée.

Je ris à ses mots et à la réalité qu'ils dépeignent. On me présente tous les cousins de Floride un par un, avec leurs enfants. Ils sont plus d'une vingtaine et j'ai la tête qui tourne à force d'entendre débiter leurs noms si rapidement que je suis au bord de leur demander de porter des étiquettes nominatives.

— Vous restez en ville toute la semaine, pas vrai ? demande Angelo à Anthony.

— Toute la semaine, mec. On veut montrer aux enfants où on a grandi, nos anciens terrains de jeux…

Ça donne le sourire à mon mari.

— Je suis content que vous restiez. On a tellement de choses à se raconter...

Thomas attire Angel contre lui à la façon typique des Gallo et s'approche tandis que Mike et Mia se dirigent vers le bar.

— Voici notre fils, Nick.

Je m'accroupis pour me mettre à la hauteur de cette petite réplique miniature de son père. Il a la même intensité dans le regard.

— Je suis ravie de te rencontrer.

C'est une phrase que j'ai répétée plus d'une fois ce soir et vu la file des invités qui attendent encore, je n'ai pas fini de la dire non plus.

— Moi aussi, répond le garçon en prenant ma main pour l'embrasser, parce qu'en bon Gallo, il a été élevé pour charmer toutes les femmes peu importe leur âge.

— M'dame, dit James en inclinant la tête sans me prendre dans les bras comme les autres. Félicitations et bienvenue dans la famille.

— Merci, dis-je en me rapprochant d'Angelo pour passer un bras dans son dos. Vous êtes si nombreux...

Izzy rigole.

— On se déplace en groupe. Ajoute à ça tous les enfants et tu te retrouves avec une petite horde.

Elle détourne les yeux vers trois jeunes hommes à ses côtés.

— Voici nos garçons. Trace, dit-elle en désignant le plus petit d'entre eux, et les jumeaux : Carmello et Rocco.

Ils sont les clones de leur père, en plus petits. Ils sont beaux dans leurs costumes noirs et se tiennent parfaitement droit. Ils respirent la puissance même à leur jeune âge.

Max est à côté d'Izzy. Elle tient la main d'Anthony et montre ses enfants devant elle.

— Voici Asher et Tamara, nos deux joyaux.

Les enfants lèvent les yeux et m'adressent un signe de la main, leurs beaux visages tout souriants.

— Eh bien, en voilà deux petites merveilles.

Ils rayonnent en recevant mon compliment. Tous ces enfants sont plus beaux les uns que les autres. Ils sont de parfaits mélanges des gènes de leurs parents et subliment l'association des deux.

Pas sûr que le monde soit à la hauteur pour accueillir la prochaine génération des Gallo.

— Ta robe est magnifique, me dit Max. Elle te va à merveille.

— Merci.

Je n'avouerai jamais avoir essayé au moins cinquante robes avant d'enfin me décider. Comme il s'agissait de mon second mariage, j'ai voulu jouer la carte de la sobriété. Je voulais quelque chose de simple, mais tout ce que j'essayais faisait trop banal. Betty et les filles m'ont convaincue de me lâcher et de jouer « le grand jeu ».

— Cherchons nos places à table et laissons les jeunes mariés finir d'accueillir les invités. On a toute la semaine pour rattraper le temps perdu, dit Sal en se mettant à l'écart avec Maria à son bras.

Angelo se penche vers moi et me demande à l'oreille :

— Submergée ?

Je tourne mon visage vers lui et nos lèvres sont si proches que je dois me retenir pour ne pas l'embrasser. Je murmure :

— Juste un petit peu.

— D'ici la fin de la semaine, tu te souviendras de chacun d'eux, je t'assure.

J'ai des noms plein la tête et si quelqu'un m'interrogeait maintenant, je tournerais de l'œil. Je lui réponds :

— Tu as été béni des Dieux.

Je n'ai pas grandi entourée d'une tonne de gens partageant mon ADN ou mes souvenirs d'enfance. Je n'avais pas d'attache me reliant à qui que ce soit ou à quoi que ce soit d'autre sur la planète. Il répond, amusé :

— Je ne sais pas si c'est une bénédiction ou une malédiction !

CHAPITRE 10
ANGELO

ANGELO

— JE ME DEMANDAIS si ce jour arriverait, dit quelqu'un derrière moi.

Je me retourne et tombe nez à nez avec Michelle. Mais elle n'est pas seule. Elle tient la main d'un homme que je n'ai jamais vu et affiche un sourire authentique. Elle a une lumière toute nouvelle dans le regard.

— Michelle, dis-je en la prenant dans mes bras malgré la présence de l'homme à ses côtés.

Michelle et moi sommes amis depuis toujours. Je me souviens de la première fois où je l'ai vue, elle avait les cheveux remontés sur la tête et entortillés en deux rouleaux sur les côtés comme la princesse Leia. Elle et Daphne étaient de vrais petits diables, elles faisaient des ravages dans le quartier et auprès des garçons qui avaient le malheur de leur porter la moindre attention.

— Je suis si heureuse pour toi, me chuchote-t-elle à l'oreille en plaquant sa main dans mon dos.

Je me détache d'elle et pose mes mains sur ses bras.

— La Californie a l'air de te réussir…

Il n'y a pas de malaise entre nous. Même si on n'aurait jamais pu avoir de liaison amoureuse, je l'aimais tout autant. Nous n'étions pas faits l'un pour l'autre, c'est tout. Avec son côté enfant sauvage, elle n'aurait jamais pu rester dans ce quartier avec mes enfants et moi.

— C'est de la faute d'Enrique, répond-elle en riant avant de reculer pour passer son bras dans le dos de son compagnon. Voici Angelo, un de mes plus vieux amis et l'un des plus précieux.

Enrique me tend la main en souriant.

— Ravi de vous rencontrer. Michelle m'a tant parlé de votre famille…

— Je n'en crois pas un mot, dis-je pour plaisanter en lui serrant la main.

Je regarde à ma droite et vois Tilly qui nous regarde. Je lui fais signe d'approcher. Je veux qu'elles se rencontrent, d'autant plus que lors du dernier passage en ville de Michelle, Tilly s'était fait des idées et notre relation s'était presque brisée.

Tilly se rapproche lentement, d'un pas hésitant, nous regardant l'un après l'autre Michelle et moi. Tilly n'est pas quelqu'un de jaloux, mais il n'empêche qu'une petite part d'elle-même n'apprécie pas trop de nous savoir Michelle et moi dans la même pièce, même s'il s'agit de la salle où l'on célèbre notre mariage.

Michelle tend les bras vers Tilly et l'attire tout contre elle.

— Je suis tellement heureuse de te rencontrer, Tilly. Daphne n'a pas tari d'éloges à ton égard.

Tilly semble un peu choquée et me dévisage avec de grands yeux pendant que Michelle lui fait un câlin.

— Tu es tellement belle, dit Michelle. Je suis si heureuse pour vous deux. Je savais bien que quelqu'un finirait par guérir son cœur brisé.

Bon. C'est une situation un peu bizarre, mais rien d'insurmontable. Je me frotte la nuque, perplexe. Je me demande si je devrais secourir Tilly en l'attirant vers moi pour la sortir des bras de Michelle.

Avant que j'aie pu intervenir, Michelle recule et reprend la main d'Enrique.

— Je vous présente Enrique…

— Oh mon Dieu. Enrique Sandoval ? demande Tilly les yeux écarquillés.

Je la regarde, complètement confus. Comment est-ce que Tilly connaît le compagnon de Michelle, bordel ? Surtout sachant qu'il vient de Californie.

Enrique incline la tête en avant et lui adresse un sourire charmant.

— En personne, murmure-t-il et pour une raison étrange, une part de moi le déteste.

— Chéri, me dit Tilly en me donnant un petit coup de coude. Tu sais qui c'est ?

Je hausse les épaules.

— Enrique Sandoval, dis-je pour répéter son nom mais sans partager l'enthousiasme dont elle vient de faire preuve parce que je n'ai pas la moindre d'idée de qui c'est, putain !

— Dans les feuilletons de télénovela, il n'est rien d'autre que la star la plus sexy de la planète !

Enrique chasse son commentaire d'une main avec sur les lèvres un sourire en coin. On voit bien qu'il apprécie le compliment de Tilly, même s'il répond :

— Je ne suis personne, vraiment.

— Arrêtez, dit Tilly en lui donnant une petite claque sur le bras. Je suis folle de votre feuilleton !

Je jette un coup d'œil à ma nouvelle épouse en me demandant quand est-ce qu'elle peut bien regarder *son* feuilleton, parce que la télévision est rarement allumée à la maison.

— Je le regarde en me préparant le matin, dit-elle. Il est si délicieusement grivois.

Je prends note : regarder un épisode pour comprendre ce qui met Tilly dans cet état parce que là, en regardant cet homme devant moi, je ne pige pas. Il est beau gosse mais n'a pas du tout la carrure d'une célébrité.

— Merci de le regarder, répond-il en souriant à nouveau et ses dents sont ridiculement blanches en comparaison de sa peau bronzée.

— Enrique Sandoval est à mon mariage, se dit Tilly à elle-même en tremblant presque d'excitation. Où as-tu rencontré ce beau diable ?

Michelle lève vers Enrique des yeux remplis d'amour. Je ne crois pas l'avoir jamais vue dingue de quelqu'un à ce point.

Elle ne m'a jamais regardé comme elle le regarde. Peut-être que c'était à cause de notre passé commun, on se connaissait depuis tellement longtemps… On était proches et complices mais d'une façon qui n'a pas mené au grand amour que je cherchais et que j'ai trouvé avec Tilly.

Michelle se met à rire en attrapant le bras d'Enrique.

— Ma voiture était en panne. Je changeais la roue de cette saleté de bagnole quand Enrique s'est arrêté pour m'aider.

— Je ne pouvais pas laisser une belle femme faire un boulot d'homme, dit-il en repoussant une mèche de cheveux de son visage. Surtout une femme avec un si joli cul.

Je me retiens de vomir. Ce type est répugnant, mais Michelle est amoureuse de lui et je suis heureux pour elle. Plus qu'heureux. Elle mérite d'avoir de la gaieté dans sa vie, surtout après l'enfance de merde qu'elle a eue et après avoir récemment perdu sa mère.

— Donc, j'imagine que tu ne vas pas revenir ? dis-je en me demandant s'il y a la moindre chance que notre amie d'enfance revienne à Chicago.

Michelle secoue la tête.

— Non. Nous allons nous marier cet hiver et puisque le travail d'Enrique est en Floride, on va déménager là-bas.

— Je suis si heureux pour toi, dis-je en le pensant sincèrement.

Ce qu'il s'est passé entre Michelle et moi est de l'histoire ancienne et bien qu'on soit sortis un peu ensemble, on n'a jamais été autre chose que de bons amis. On n'était pas destinés à être plus que ça de toute façon.

— Peut-être que vous pourriez venir avec Daphne à notre mariage, dit Michelle.

— Au mariage d'Enrique Sandoval ? demande Tilly, les yeux écarquillés, en admiration totale devant sa star.

— Toute l'équipe du feuilleton sera là aussi, lui dit Michelle, lui vendant ainsi un billet pour la Californie.

— On viendra, dit Tilly en hochant la tête avant que j'aie la moindre chance de décliner cette invitation informelle.

— Ma belle, dis-je en passant un bras autour de la

taille de ma femme pour l'attirer brusquement contre moi. On nous appelle sur la piste de danse.

Il se peut que j'aie menti. Je suis un peu jaloux, après tout. Ça ne me plaît pas de voir ma chérie toute gaga de cet homme, même si elle l'est plus du personnage qu'il incarne à la télé que de celui qu'il est dans la réalité.

— J'étais contente de faire votre connaissance, lance Tilly par-dessus son épaule tandis que je l'entraîne vers la piste de danse.

En passant près de Michelle, je me penche vers elle et murmure :

— C'est bon de te voir heureuse.

Elle sourit en nous faisant un petit signe de la main.

— On vous verra en Californie, alors ! lance-t-elle.

— Tu y crois ?

Tout en la guidant au milieu de la foule, je demande à ma femme :

— À quoi ?

— On a une célébrité à notre mariage, répond-elle en me jetant un coup d'œil, s'attendant à ce que je partage son enthousiasme.

Je joue la carte de l'hypocrisie et mens :

— C'est sûr. Et tu sais ce qui est encore plus incroyable que ça ?

Quand on s'arrête au milieu de la piste de danse, elle se tourne vers moi.

— Quoi ? demande-t-elle.

Je passe mes bras autour de sa taille et la serre contre moi.

— Tu es madame Angelo Gallo.

Quel putain de chanceux je suis ! Non seulement j'ai

eu un grand amour dans ma vie mais en plus, maintenant, j'en ai un deuxième encore plus profond. J'aime quelqu'un qui enflamme mes sens tout en m'apaisant, qui me rappelle tout ce qu'il y a de beau dans la vie.

Je m'étais appesanti bien trop longtemps sur le côté sombre de l'existence, sur la malédiction qui semblait peser sur moi. Aujourd'hui, je suis comblé. Ma maison est pleine de rires, tout comme mon cœur. Les ténèbres qui me retenaient prisonnier ont été remplacés par de la lumière et de la joie. Grâce à Tilly.

Si nous n'avions pas été aussi écorchés vifs tous les deux, peut-être qu'on ne se serait jamais trouvés. Où en serais-je dans ma vie si elle n'avait pas ouvert une boutique de cupcakes à côté du bar ? Nos chemins se seraient-ils croisés ? Probablement pas. La vie a une drôle de façon de nous manipuler.

— Je le suis, répond-elle en souriant avant de passer ses bras autour de mon cou et de jouer avec les pointes de mes cheveux.

— Et tu sais quelle est la seule chose qui pourrait être encore mieux que ça ?

— Quoi ? demande-t-elle.

Je fais glisser ma main jusqu'à la poser sur son ventre.

— De voir ton ventre s'arrondir avec notre bébé dedans.

Elle ouvre des yeux encore plus grands que quand elle a rencontré Enrique.

— Quoi ?

— Je veux un autre enfant, Tilly. Un enfant de nous.

Avoir un peu de Marissa à mes côtés m'a sauvé la vie. J'aime mes enfants plus que tout au monde et rien ne me rendrait plus heureux qu'un petit mélange de Tilly et de moi vivant sur Terre après nous.

— Est-ce qu'on peut s'entraîner avant un petit peu ? demande-t-elle en frottant légèrement ses lèvres aux miennes.

— On pourra s'entraîner autant que tu voudras, ma belle, dis-je en riant doucement contre sa bouche.

— Merci d'accueillir en piste monsieur et madame Angelo Gallo ! annonce le DJ, et les invités se mettent à applaudir, certains d'entre eux poussent même quelques cris.

Je serre ma femme contre moi et nous balance au rythme de notre chanson. Je pourrais difficilement être plus heureux qu'en cet instant.

CHAPITRE 11
TILLY

JE SUIS EXTÉNUÉE, mais la sensation d'être débordée que j'ai eue tout à l'heure a complètement disparu. La fête bat son plein. La piste de danse est toujours noire de monde et l'alcool coule à flot.

Leo, Daphne, Angelo et moi sommes réunis autour d'une table pour porter un dernier toast. Ils ont insisté pour qu'on fasse une pause en les rejoignant et je leur en suis très reconnaissante parce que mes pieds sont en miettes.

— On sait que vous avez tous les deux prévu de passer votre nuit de noces chez vous avec les enfants, dit Daphne en remplissant quatre coupes de champagne. Mais ce n'est pas une bonne façon d'inaugurer un mariage.

— C'est notre vie, lui répond Angelo en me passant une des coupes. Nous sommes mariés et nous avons des enfants.

Daphne fait rouler ses yeux sous ses paupières.

— Ce soir, il ne s'agit pas d'enfants. Ce soir, il s'agit de vous deux et de personne d'autre. Pas même de ma nièce et de mon neveu.

Angelo ouvre la bouche pour intervenir mais elle lève une main pour l'en empêcher.

— Leo et moi avons un cadeau pour vous.

— On vous l'a dit : pas de cadeau, s'empresse de répondre Angelo.

Leo fouille dans sa poche, en ressort une enveloppe et la glisse devant nous.

— On vous a réservé la suite présidentielle pour la nuit. Pas d'enfant. Intimité garantie.

— Pas d'enfant ? demande Angelo en haussant un sourcil.

— Ils vont passer la nuit chez Lucio et Delilah, répond Daphne avec un sourire satisfait. Vous deux, vous allez profiter de cette suite et en profiter judicieusement, sans interruption.

— Je me suis arrangé pour que vous puissiez rendre la chambre plus tard. Comme ça, vous n'aurez pas besoin de vous presser demain matin non plus, dit Leo en glissant un bras derrière la chaise de Daphne avant de s'appuyer contre le dossier de la sienne. On s'est occupés de tout, on ne pouvait rien imaginer vous offrir de mieux que du temps ensemble.

Je serais capable de sauter au cou de Leo et de le couvrir de baisers. Il n'y a pas de meilleur cadeau possible qu'un peu de temps rien que pour nous. Après cette soirée avec tant de monde autour de nous, je ne serais pas contre un petit tête-à-tête avec mon mari.

— La voiture est avancée, elle vous attend pour vous amener à l'hôtel, dit Daphne.

— Maintenant ? Mais... et les invités ? demande

Angelo en parcourant des yeux la salle encore pleine à craquer.

— Ils ne se rendront compte de rien. Maintenant, trinquons aux heureux mariés, dit Daphne en levant sa coupe. Puissiez-vous trouver le bonheur et la paix, vivre longtemps, vous aimer fort et ne jamais oublier ce que vous ressentez ce soir.

À ces mots, des larmes me brouillent la vue.

— Tu es adorable, Daphne.

— Tu ne me le feras pas admettre, répond-elle en riant doucement avant de lever sa coupe à nouveau vers nous. Je suis si heureuse d'avoir une autre sœur. Et toi, dit-elle après avoir marqué une pause et s'être tournée vers son frère, je ne saurais être plus heureuse pour toi que je le suis maintenant.

Je lève ma coupe et trinque avec Leo, Daphne et enfin mon mari en déclarant :

— À notre bonheur, puisse-t-il durer toujours.

— Maintenant, filez ! dit Daphne après avoir bu une gorgée de champagne frais. Allez vous amuser.

À peine quelques minutes plus tard, Angelo et moi passons la porte et grimpons à l'arrière de la voiture qui nous attend. En route pour l'hôtel chic dont Leo est propriétaire ! Le trajet est assez court est nous restons silencieux la plupart du temps en se tenant les mains et en échangeant des regards dans l'agréable pénombre.

— J'espère que tu n'es pas trop fatiguée. Dormir est la dernière chose que j'ai envie de faire cette nuit.

La porte de notre chambre à peine refermée, Angelo me soulève dans ses bras et se dirige vers la chambre. Je me tiens à son cou et regarde son beau visage.

— Pas fatiguée du tout.

C'est un mensonge, mais plus que tout au monde, j'ai envie de ravir cet homme sans lui glisser à l'oreille des choses qu'il n'a pas envie d'entendre.

L'instant d'après, ses lèvres sont sur les miennes. Ce n'est pas le moment d'apprécier la magnificence de la suite ou quoi que ce soit d'autre que mon mari et le désir que je ressens pour lui, surtout depuis que je l'ai vu debout devant l'autel.

Il me repose par terre sans détacher sa bouche de la mienne et commence à défaire ma robe. Heureusement, j'en ai choisi une pratique et non pas avec des centaines de petits boutons en soie compliqués. Le tissu doux glisse sur mon corps et se retrouve étalé à mes pieds en un rien de temps.

Je porte les doigts à sa braguette pendant qu'il se débarrasse vite fait de sa cravate et de sa chemise, les jetant au sol près de ma robe.

Je suis dans ses bras, sa bouche contre la mienne et sa langue entre mes lèvres tandis qu'il me guide vers le lit.

— Je t'aime, dis-je dans un murmure contre sa bouche avant qu'on se laisse tomber en arrière sur le matelas.

Il me dit la même chose tout en s'installant entre mes jambes. Sa bouche glisse le long de ma mâchoire vers mon cou et mes mains s'accrochent fermement à ses bras.

— Je veux qu'on prenne notre temps, ma belle, mais je ne suis pas sûr d'y arriver, murmure-t-il contre ma peau, me donnant la chair de poule sur tout le corps.

— N'essaye pas, dis-je en crochetant mes chevilles derrière ses fesses. N'y va pas lentement ni en douceur. Baise-moi.

Il relève les yeux vers moi et cligne des paupières.

— Tu sais l'effet que tu me fais quand tu parles comme ça…

J'emmêle mes doigts dans ses cheveux doux.

— Moins de mots, plus d'action, dis-je avec un sourire en coin.

J'adore quand mon mari a cet éclat sauvage dans le regard. Il referme ses lèvres autour d'un de mes tétons. Mon dos s'arc-boute et un gémissement s'échappe de ma bouche. Pour une fois, je n'ai pas besoin de me soucier du bruit qu'on fait pour les enfants et rien que pour ça, je me sens très reconnaissante.

La main d'Angelo plonge entre mes jambes et peu après ses doigts sont en moi, s'enfonçant profondément jusqu'au bon endroit.

— Tu es tellement parfaite, dit-il alors que mon corps commence à se tendre sous lui. Tu es à moi, mon cœur, totalement à moi.

Avant que mon orgasme atteigne la surface, il retire ses doigts et vient se replacer entre mes jambes. Il baisse les yeux sur moi et je regarde cet homme que j'aime en cherchant à retrouver mon souffle. Je répète après lui :

— Je suis à toi.

On ne se quitte pas des yeux tandis qu'il enfonce son sexe en moi centimètre par centimètre, tellement lentement… Je m'agrippe à lui, suppliant d'en avoir plus. Plus vite. Plus profond. Plus de tout. En peu de temps, tout mon corps est à nouveau tendu et chaque poussée d'Angelo me rapproche de l'orgasme dont tout mon être a follement besoin.

Quand la vague de plaisir me submerge, mes orteils se

recroquevillent et mes ongles s'enfoncent dans sa peau. Ma vue se trouble et je cesse de respirer mais Angelo ne s'arrête pas, poursuivant sa propre jouissance.

La première fois est précipitée et frénétique mais on passe le reste de la nuit à parcourir nos corps tout doucement. Je ne sais pas combien d'orgasmes j'ai eus ni à quelle heure on s'est endormis. Tout ce que je sais, c'est que la nuit a merveilleusement couronné notre mariage.

———————————————

Lorsqu'on arrive le lendemain matin, Lucio est dans la cuisine et s'affaire à préparer un plat que je n'arrive pas vraiment à identifier.

— Il y en a un qui m'a l'air bien détendu et satisfait, dit-il pour taquiner Angelo quand il referme la porte d'entrée.

— C'est fou l'effet qu'une nuit sans enfants peut faire, répond Angelo en faisant glisser sa main sur les courbes de mes fesses.

Mon corps est en effervescence, toujours émoustillé par l'effet des orgasmes parce qu'il faut dire qu'il en a vécu beaucoup ces douze dernières heures. Je suis toujours épuisée mais de la meilleure façon qui soit.

— La semaine prochaine, vous me rendrez la pareille en nous prenant les nôtres. J'ai besoin de passer une nuit seul avec ma petite bombe.

— Tout ce que vous voudrez, dis-je sans hésitation. La famille, ça sert à ça.

J'adore dire ça. J'ai une immense horde de gens pour veiller sur moi et je veillerai sur eux en retour. On s'est organisés en famille pour garder les enfants les uns des autres afin que chaque couple puisse avoir des nuits d'intimité. Tout ça m'était tellement étranger…

Pas seulement les gardes d'enfants à tour de rôle mais les enfants en général. À présent, j'ai des enfants. Je ne les ai pas mis au monde, mais je suis tout aussi responsable de leur bien-être que si je l'avais fait. Je n'ai même pas eu de nièce ou de neveu avec qui m'entraîner avant que le destin me mette sur le chemin d'Angelo et de ses deux petits anges.

Quand je vois Lucio se débattre avec ce qu'il me semble être une sauce aux épinards, je lui demande :

— Tu as besoin d'aide ?

— Non. Je vais faire cette putain de recette, même si c'est la dernière chose que je fais dans ma vie.

— Il a hérité des talents de cuisinier de Ma, me confie Angelo et ça me paraît plutôt évident vu sa façon de réduire tous les ingrédients en purée.

Je regarde Angelo avec un air horrifié. La cuisine a beau être mon domaine, d'habitude je peux me tenir à l'écart et laisser les autres prendre les choses en main. Mais là, c'est vraiment trop catastrophique.

— Emmène-le dehors, dis-je à mon mari.

Oh mon Dieu. J'ai un mari, des enfants et une gigantesque famille avec ça. Moi qui étais persuadée qu'il n'y aurait jamais personne d'autre que Roger et moi… Surtout que ce dernier n'est pas prêt de se caser, soi-disant parce qu'il n'y a aucun célibataire potable à Chicago.

Angelo acquiesce brièvement avant d'avancer vers Lucio. Je le suis en matant son cul quand il marche, et il y a de quoi mater… J'ai bien du mal à me retenir de toucher ses fesses même quand le moment n'est pas exactement approprié.

Quand Angelo baisse les yeux sur le récipient transparent et y découvre la sauce aux épinards qui ressemble à présent à de la bave d'escargot, l'expression sur son visage vaut vraiment le détour.

— Mon Dieu, mec… Mais qu'est-ce que c'est que ça, bordel ?

Lucio lève ses deux mains en l'air.

— C'est quoi le problème ?

J'en profite pour lui prendre la spatule des mains.

— Laisse-moi finir. Ça a l'air parfait. Vraiment délicieux, dis-je en mentant sans vergogne.

Lucio n'en croit pas un mot, ça ne fait aucun doute vu sa façon de me regarder en plissant ses beaux yeux.

— C'est ton grand jour, dit-il pour se défendre.

Quand il tente de me reprendre la spatule, je recule la main. Aucune chance qu'on serve un truc pareil à table.

— Mon grand jour, c'était hier. Aujourd'hui, on passe en mode cuisine en famille. Pourquoi n'iriez-vous pas voir si les autres ont envie de boire quelque chose ?

— Ah, ça c'est dans mes cordes, répond Lucio en me souriant parce que je sais bien que préparer une sauce aux épinards est la dernière chose qu'il ait vraiment envie de faire.

Je regarde Lucio et Angelo sortir de la cuisine et être instantanément pris d'assaut par la famille de Tampa. Je commence à avoir mal aux joues à force de garder ce sourire idiot en travers du visage ces derniers temps.

Je suis tellement plongée dans mes pensées et occupée

à regarder les fesses de mon mari que je n'entends pas la porte du patio s'ouvrir et se refermer.

— Nous venons t'aider ! annonce Betty.

Je fais un bond et le récipient m'échappe des mains. Il atterrit par terre en répandant partout la chose gluante et verte qu'avait préparé Lucio.

— Merde, dis-je à voix basse en regardant les dégâts sur le parquet.

Betty et Maria fixent le sol à leur tour.

— Par tous les diables, qu'est-ce que c'est que ça ? demande Maria. On dirait du caca de nourrisson !

Je lève les yeux vers elle et éclate de rire parce qu'elle n'a pas tort.

— Lucio a fait de la sauce aux épinards.

Les sourcils de Maria se haussent d'un coup.

— Il a clairement hérité de tes talents de cuisinière, Betty.

J'arrête de rire parce que personne ne critique jamais la cuisine de Betty. Du moins, pas devant elle. Pour être honnête, c'est vrai qu'elle est une cuisinière atroce. Il y a quelques plats qu'elle sait à peu près réussir, mais quatre-vingt-dix pour cent de ce qu'elle prépare est presque immangeable et on se sert du whisky pour aider à faire descendre plus facilement.

Betty croise les bras en fusillant sa belle-sœur du regard.

— Tu es en train de dire que je suis mauvaise cuisinière ?

Je me demande si je ne devrais pas m'éclipser, parce que Betty est connue pour avoir un sacré tempérament. Si on met le feu aux poudres, elle peut être sacrément explosive. Heureusement qu'elle a la tête dure, parce qu'il n'aurait pas fallu être timorée pour élever trois gaillards bagarreurs comme les siens.

— Tu es une cuistot de merde, répond Maria en secouant la tête. On sait toi et moi que Tino n'est pas avec toi pour tes talents de cuisinière.

Betty a un sourire suffisant.

— On dit qu'on atteint le cœur d'un homme en passant par son ventre mais avec Tino, c'est vraiment par sa queue. C'est une obsession chez lui !

La spatule toujours à la main, le bol près de mes pieds avec la bouillie d'épinards répandue partout, je trouve un peu gênant d'écouter ma belle-mère et sa belle-sœur parler de bite en ayant les pieds dans la sauce.

— Tant mieux pour toi, dit Maria en attrapant un rouleau d'essuie-tout sur le comptoir pour le passer à Betty. Nettoie ça, moi, je vais faire une nouvelle sauce.

Elles se parlent comme si je n'étais pas là, ce qui me fait un effet bizarre. Je ne suis pas habituée à ça surtout que c'est toujours moi, d'habitude, la référente en matière de cuisine. Excepté les dimanches. Le dimanche, c'est le jour où Betty nous cuisine à tous un repas « fait maison » parce qu'elle estime que c'est inhérent à son rôle de mère. Parfois, je me demande si elle ne se venge pas ainsi des années difficiles que ses fils lui ont fait vivre avec leurs conneries d'adolescents.

— Je peux m'en charger, dis-je, prête à me diriger vers le frigo.

Mais je n'ai même pas fait un pas que Maria me retient par l'épaule.

— Toi, tu te détends. Assieds-toi et bavarde un peu,

dit-elle en me désignant d'un signe de tête le tabouret de l'autre côté de l'îlot. Laisse-moi faire, s'il te plaît.

En temps normal j'aurais protesté, mais il y a une chose que j'ai apprise : on ne gagne presque jamais un conflit d'opinion avec un Gallo. Je suis prête à parier qu'il en sera de même avec Maria, alors je fais ce qu'une femme raisonnable ferait : je m'assieds et j'écoute.

Peu après, les autres femmes de la famille nous rejoignent. La cuisine est rapidement noire de monde et je me retrouve entourée de cousines.

Suzy, la femme de Joe à la beauté naturelle, aux cheveux blonds éclatants et au tempérament joyeux, est assise à ma gauche. Le menton posé dans la paume de sa main, elle regarde ses enfants jouer par la fenêtre.

Izzy est la seule sœur Gallo de ce côté et, à sa façon de se tenir, je dirais que c'est elle la chef. Elle sirote son whisky et fait tourner les glaçons dans son verre pendant qu'elle regarde sa mère et papote avec Mia et Max.

Gigi est entrée avec les autres mais s'est effondrée sur le canapé quelques mètres en retrait. Comme elle a ses écouteurs sur les oreilles, on n'a eu aucune interaction.

— C'est sympa d'être tous à nouveau réunis, dit Izzy entre deux gorgées. J'aimerais tellement que vous déménagiez tous en Floride, tante Betty.

Betty se penche au-dessus du comptoir aux côtés de Maria et la regarde par-dessus nos épaules.

— Ma chérie, regarde ma peau. Elle est presque translucide. Je ne pourrais jamais supporter le soleil de Floride. Je suis faite pour rester dans l'obscurité.

— Un peu comme ton âme, dit Fran en entrant à son tour dans la cuisine.

Fran est la sœur de Sal et de Santino. Elle a la langue aussi bien pendue que Betty et Maria. Aussi forts les hommes de cette famille soient-ils, ils aiment que leurs femmes le soient encore plus, ça ne fait aucun doute.

Betty fait un doigt d'honneur à Fran.

— Ton esprit sarcastique m'avait manqué. Ton gros balèze de motard n'a pas réussi à te faire fermer la bouche.

— Il adore ma bouche, répond Fran avec un sourire en coin.

Je ne suis pas la seule à avoir la nausée, je vois bien que les femmes autour de moi aussi. Elles se tortillent sur leurs sièges autant que moi.

Izzy a un haut-le-cœur et lève une main en l'air, l'autre étant occupée à tenir le verre de whisky qu'elle cajole.

— Stop, dit-elle. Tu vas trop loin. Il y a des oreilles chastes et des esprits intimidables, ici.

Je parcours la pièce des yeux mais je ne vois nulle part qui que ce soit d'impressionnable, si ce n'est peut-être Gigi.

Izzy désigne sa belle-sœur.

— Suzy ne peut pas supporter ce genre d'allusions. Tu sais combien elle est innocente.

— C'est à crever de rire, commente Gigi sans crier gare.

Izzy se retourne sur son tabouret pour faire face à sa nièce.

— Tu n'as pas connu ta mère à l'époque, ma petite. Il n'y avait pas plus innocente qu'elle.

— Plus maintenant. Elle peut être vraiment mauvaise des fois, parce que papa lui donne souvent la fessée ; et quand je dis souvent, c'est vraiment souvent.

Tout le monde se tourne pour regarder cette jolie fille qui reste étendue sur le canapé comme si elle n'avait rien dit. Tout le monde sauf Suzy. Rouge tomate, la mâchoire pendante, elle n'a pas bougé d'un millimètre.

— Giovanna, gronde Maria en lançant à sa petite-fille un regard des plus flippants.

— Quoi ? répond Gigi en haussant les épaules tout en continuant à tapoter sur l'écran de son téléphone sans même lever les yeux. C'est moi qui suis obligée de les entendre. C'est dégueu. Ils sont trop vieux pour toutes ces bêtises.

— Trop vieux ? demande Fran en se dirigeant vers Gigi. Ma puce, tu as encore beaucoup à apprendre de la vie. Quand tu aimes quelqu'un, l'âge n'a pas d'importance.

— Heu, ouais, tante Fran. Mais à un moment donné, on devient trop vieux pour le sexe.

Fran touche la tête de Gigi et passe ses doigts dans ses longs cheveux bruns en restant debout derrière le dossier du canapé.

— Oh, mon ange, je sais que tu crois tout savoir, mais tu es si jeune, tu n'es même pas drôle.

— Est-ce qu'on pourrait ne pas parler de sexe ? C'est déjà assez chiant de subir ce que j'entends à la maison, je n'ai pas envie d'écouter aussi mes tantes et ma grand-mère en parler.

Fran prend le téléphone des mains de Gigi.

— Qui est Keith ?

Gigi saute presque sur Fran pour lui reprendre son téléphone.

— C'est privé.

Fran se met à rire.

— Tant que tu vivras sous le toit de tes parents, ta vie ne sera pas privée.

Gigi se laisse retomber dans le canapé en serrant son portable dans sa main comme si sa vie en dépendait. Elle est le portrait typique des adolescents. Je suis sûre qu'ils sont une invention de Dieu pour punir les parents de toutes les mauvaises choses qu'ils ont faites dans leur vie.

— Tu rentres à la fac l'automne prochain, non ? lui demande Fran.

— Ouaip. J'ai tellement hâte d'y être !

Maria se remet à mélanger des ingrédients dans un bol, Fran se penche au-dessus du canapé de façon menaçante et je détourne mon attention pour regarder les femmes près de moi.

Izzy tient la main de Suzy.

— Ce n'est rien qu'une adolescente. Ce sont tous des trous du cul à cet âge-là, ma chérie. Ne laisse pas son tempérament pourri te saper le moral.

— Elle était tellement mignonne, avant…

— Avant que les hormones s'en mêlent, lui rappelle Izzy en posant une main sur la sienne. Et les garçons. Mon Dieu, les garçons… Comment Joe arrive-t-il à gérer ?

— Eh bien, dit Suzy en adressant à Izzy un sourire crispé. Il n'est pas encore en prison.

— Les choses sérieuses n'ont pas encore vraiment commencé à partir en couilles, alors, répond Izzy.

Suzy la regarde horrifiée.

— Qu'est-ce que ça veut dire ?

— Les bites, ma chérie. Chaque garçon en a une et cherche un endroit où la mettre.

Le sourire de Suzy s'évanouit et elle porte les mains à sa poitrine.

— Je ne peux pas penser à ça. Keith est son premier petit ami et je ne crois pas du tout qu'ils soient prêts à faire l'amour.

Max se tourne vers Suzy et a un mouvement de recul comme si elle venait d'entendre la chose la plus incroyable au monde.

— Les garçons sont toujours prêts à faire l'amour. Si tu crois que ce n'est pas son but, tu te trompes. Sors-toi la tête du cul et fais prendre la pilule contraceptive à cette gamine !

— Elle n'a même pas dix-huit ans.

— Et ? demande Max.

— Elle est tellement jeune… dit Suzy en jetant un coup d'œil à sa fille.

Fran est encore en train de rabattre les oreilles de Gigi et aucune d'elles deux ne prête attention à la discussion.

— En tant que médecin, ton amie et sa tante, dit Mia en frottant ses mains l'une contre l'autre, les yeux baissés vers Suzy qui est assise devant l'îlot, je te conseille de parler sexe avec elle. Tu dois t'assurer qu'elle mesure l'importance des préservatifs et qu'elle en utilisera toujours. Il faut aussi qu'elle prenne la pilule. Mieux vaut qu'elle soit protégée le jour où ça arrivera.

— Et ce jour arrivera, ajoute Izzy.

— J'aurais dû commencer à mettre de l'argent de côté pour la caution. Parce que Joe… dit Suzy avant de plonger le visage dans ses mains en gémissant. Oh là là, mon Dieu…!

— Que Dieu vienne en aide à tous les garçons qui

voudront sortir avec nos filles. Ils auront un père et quatre oncles furieux sur le dos, dit Max en riant. Je sais qu'Anthony ne tolérera pas la moindre connerie.

En aparté, j'essaye d'imaginer Tate à l'adolescence, débordant d'hormones et insolente. Angelo pètera complètement les plombs. C'est sa petite fille, sa petite princesse. Je n'imagine même pas comment il réagira la première fois qu'un garçon se pointera chez nous pour emmener Tate en soirée.

Je suis soulagée qu'on ait encore une décennie devant nous avant que ça arrive. Tout porte à croire que je serai la personne chargée de décortiquer avec elle l'histoire des roses et des choux, parce qu'aucune fille ne veut parler de sexe avec son père… au grand jamais.

CHAPITRE 12
ANGELO

ANGELO

— JE SUIS FIER de l'homme que tu es devenu, dit oncle Sal en empoignant mon épaule.

Nous nous tenons à l'écart du reste de la famille réunie dans le patio.

— Merci, oncle Sal. Ça me touche beaucoup, venant de toi.

Contrairement à mon père, oncle Sal a toujours été très famille. Il a voué sa vie à l'éducation de ses enfants pour qu'ils restent sur le droit chemin et deviennent de bonnes personnes.

Ma mère a fait la même chose pour nous. Si elle n'avait pas fait partie du tableau et que nous avions été élevés par mon père, je ne sais pas où nous en serions aujourd'hui. Pop était trop mouillé dans le monde de la mafia et ne savait pas vivre autrement. Il y aurait eu de grandes chances qu'on finisse par tremper dedans nous aussi et qu'on se retrouve en prison à ses côtés.

— Je ne peux pas imaginer tout ce que tu as dû

traverser en perdant Marissa et ensuite en tant que parent célibataire, mais de te voir aujourd'hui en forme et heureux ne pourrait pas me faire plus plaisir.

Les trois années de ma vie qui ont suivi la mort de Marissa m'ont paru passer au ralenti. Un cercle vicieux de tristesse infinie. Ce qui m'a sauvé en me poussant d'un jour à l'autre, c'est d'avoir Brax et Tate. Sans eux, je ne serais peut-être plus là aujourd'hui. Je ne dis pas que j'aurais mis fin à mes jours, mais un cœur brisé n'est pas qu'une image. Le mien était en miettes et je pense que mon corps aurait fini par succomber au chagrin.

Je regarde Sal et, remarquant quelques rides supplémentaires autour de ses yeux depuis notre dernière rencontre, je lui demande :

— Et toi, mon oncle, comment vas-tu ?

Mon père et lui semblent vieillir tellement lentement que ça en devient absurde. C'est comme s'ils avaient des gènes de super-héros qui se détérioraient à la vitesse d'un escargot. Ils n'ont tous deux que quelques mèches grises dans leur chevelure. Les rides autour de leurs yeux se sont un peu creusées au fil des ans, mais le reste de leur visage est complètement lisse.

— Je ne pourrais pas être plus comblé, dit-il en étirant les commissures de ses lèvres. Mes enfants sont grands, j'ai tellement de petits-enfants que je peux à peine les compter et j'ai Maria à mes côtés. Qu'est-ce qu'un homme pourrait demander de plus ?

Je secoue la tête et réponds :

— Rien.

J'essaye de me projeter dans trente ans quand Brax et

Tate auront leurs propres enfants, mais j'ai du mal à les imaginer plus grands qu'ils sont maintenant.

J'ai un pincement au cœur à l'idée qu'un jour ils quitteront la maison pour vivre leur vie sans moi. Je me demande si tous les parents ressentent la même chose ou si la perte que nous avons subie m'a rendu plus accro à mes enfants.

— Profite du temps que tu passes avec eux maintenant, dit-il en regardant Brax et Tate se poursuivre dans le jardin. Ils grandissent trop vite.

Oncle Sal se marre.

— Quand les hormones pointeront le bout de leur nez, tu compteras les jours avant leur départ pour la fac. Crois-moi, dit-il en pressant mon épaule dans sa main. Je pense que ça fait partie d'une stratégie du grand chef visant à rendre la transition moins douloureuse en faisant en sorte que les adolescents soient si pénibles et caractériels qu'on finit par être soulagés quand le grand jour arrive.

— Je n'ai pas hâte d'en arriver là, dis-je dans ma barbe en regardant à nouveau mes deux enfants s'agiter.

— Personne n'a hâte.

Joe marche vers nous et vient se poster à mes côtés. Il bascule la tête en arrière et boit lentement une longue gorgée de bière. Il est calme, comme toujours. Ce n'est pas un grand bavard, tout comme moi.

— Qu'est-ce qui ne va pas, mon fils ? demande oncle Sal en rompant le silence.

— Putain de Gigi, marmonne Joe la bouche contre le goulot de sa bouteille. Elle aura ma peau.

Oncle Sal éclate de rire.

— Tu vois ? me demande-t-il avant de regarder Joe. Les adolescents !

Joe lâche un long soupir.

— La pire catégorie d'humains de la planète.

Sans se départir de son sourire, Sal hausse un sourcil en regardant son fils et demande :

— Ce garçon est toujours aussi naze ?

Joe resserre sa main autour de la bouteille jusqu'à ce que les jointures de ses doigts blanchissent.

— Ce garçon teste mes limites et s'il n'arrête pas, je vais finir en taule.

— Bientôt, elle sera diplômée et partira pour la fac. Elle oubliera jusqu'à son existence, lui répond son père.

— Plus je prends cet abruti en grippe, plus elle le kiffe, grogne Joe avant de boire une autre gorgée.

— C'est comme ça que ça marche, mon fils. Si tu veux vraiment qu'il dégage, fais-le entrer dans le clan. Dis à ta fille combien tu as appris à l'apprécier et elle le plaquera sans attendre, dit oncle Sal en riant doucement. Ça a toujours fonctionné avec Izzy.

Ma tête tourne à l'idée de Tate fréquentant des garçons. Un jour, je devrai regarder ma fille sortir de la maison pour se rendre à son premier rendez-vous en sachant parfaitement ce que le garçon aura derrière la tête. Rien qu'ima-giner Tate se retrouvant seule avec un gars qui ne voudra rien d'autre que lui enlever sa culotte me donne la chair de poule.

— Les éliminer par la gentillesse ? demande Joe avec un sourire crispé.

— Parce que tu ne peux pas les éliminer autrement, dis-je en riant jaune.

— Tu verras, cousin. Tu crois que les choses deviennent plus faciles avec le temps, mais plus ils grandissent, pire sont les problèmes et même les caprices.

— J'imagine, dis-je en haussant la tête.

Joe passe une main sur son front en regardant sa fille dans le jardin, penchée sur son portable.

— J'ai trouvé un string-ficelle dans son linge sale l'autre jour.

Je hausse les sourcils et oncle Sal se renfrogne. On ne s'attendait pas à celle-là.

— Qu'as-tu fait ? demande Sal.

— J'ai jeté cette merde, répond Joe en grognant.

Oncle Sal fait un signe de tête en direction de sa petite-fille.

— Elle le sait ?

— Qu'est-ce que ça peut me foutre ? Elle n'a rien dit jusqu'ici. Ma fille n'a pas besoin d'un string-ficelle.

— Elle va te donner du fil à retordre, mon fils. Prépare-toi à ce que les choses empirent avant de s'améliorer.

Joe marmonne dans sa barbe en portant sa bière à ses lèvres tout en regardant sa fille avec des yeux noirs.

— Dieu merci, je n'ai que des garçons, dit Izzy dans notre dos, et on fait tous un bond en l'entendant. Je préfère qu'ils soient des prédateurs que des proies.

Joe retourne son regard noir contre elle.

— Tu ne m'aides pas, Izzy.

Elle hausse les épaules.

— Tu veux que je lui parle ?

— Au sujet du sexe, on a déjà eu la conversation nécessaire, dit Joe en renversant sa tête en arrière, cherchant quelque chose dans les nuages qu'il ne trouve apparemment pas.

— Je suis sûre que c'était super instructif, répond-elle d'une voix qui déborde d'ironie. Tu veux que j'aie la vraie discussion qu'il faut avoir avec elle ?

— La vraie discussion ?

Je tripote ma bouteille de bière en attendant qu'elle s'explique.

— Les gosses ont des cours d'éducation sexuelle à l'école. Elle savait sûrement déjà tout ce que tu lui as expliqué. Mais moi, j'irai dans le vif du sujet. Je lui dirai de quoi il faut se méfier. Comme de ce connard de petit ami qu'elle s'est dégotée. Il faut qu'elle le quitte, celui-là. C'est une vraie sangsue, il me fout la gerbe.

Un sourire se dessine sur le visage de Joe.

— Si tu arrives à la convaincre de le quitter, tu pourras me demander tout ce que tu voudras en échange.

— Tout ce que je voudrai ? demande-t-elle en haussant un sourcil.

— Tout.

— Je vais le faire.

Elle passe sa main dans le dos de son frère en souriant d'un air satisfait.

— Ne t'inquiète pas. Je lui expliquerai comment les choses doivent être et ça exclura d'office les crétins comme lui.

— Vas-y, lui dit Joe en désignant Gigi de la tête. Je pense qu'elle a bien besoin qu'on la recadre un peu.

— Rappelle-toi des abrutis avec lesquels je suis sortie à son âge, dit Izzy en riant. On a tous dégoté les pires trouvailles au lycée.

Elle se tourne vers moi.

— Sauf Angelo. Il a épousé son amour de jeunesse.

Mon plexus se resserre au souvenir de Marissa, mais la douleur disparaît dès que je pense à Tilly.

— J'ai beaucoup de chance d'avoir connu deux grands amours.

— Elle s'en sortira, dit Izzy à Joe, essayant toujours d'apaiser la colère qui bouillonne sous le calme apparent de son frère. J'y veillerai.

Après quoi, elle traverse le jardin pour aller s'asseoir dans l'herbe à côté de Gigi. Elles échangent quelques mots puis renversent leurs têtes en arrière en riant.

Je parcours le jardin du regard. Il est rempli de cousins et de tant de membres de la famille que la vie me paraît enfin avoir repris son cours normal. Après tant d'années à ne plus savoir où était ma place ni si les choses pourraient à nouveau me paraître naturelles un jour, je me sens enfin comme reconstitué.

Il y a des enfants partout qui courent, jouent et bavardent comme on le faisait quand on était petits. Tellement de joie et de bonheur se dégage de ce petit bout de jardin que je ne peux qu'être heureux.

— Tu vas en avoir d'autres ? me demande Joe.

Je me tourne vers lui en me demandant de quoi est-ce qu'il peut bien parler. Il a les yeux braqués sur moi.

— D'autres quoi ?

— Des enfants. Tilly et toi vous allez en avoir d'autres ?

— Comme elle voudra.

Joe me bouscule doucement avec son épaule.

— C'est une réponse intelligente, dit-il en riant. Faites

un garçon, par contre, ajoute-t-il d'un ton catégorique. Crois-moi.

— Dixit l'homme qui n'a que des filles, dis-je pour le taquiner.

— Justement.

Il pousse un grognement long et profond.

— Les garçons, les garçons ! crie quelqu'un depuis la table la plus éloignée.

Joe me lance un coup d'œil.

— C'est nous qu'elle appelle ?

Elle, c'est tante Fran. Elle remue les mains frénétiquement en nous regardant et nous lance :

— Venez par ici !

Oncle Sal soupire.

— C'est nous qu'elle appelle.

On marche vers elle tous les trois comme une minuscule armée. Tante Fran tient à la main son verre de vin à moitié vide. Elle est assise sur les genoux de son mari qui a le visage enfoui dans son cou. Il lui murmure quelque chose à l'oreille et elle glousse de rire comme une adolescente.

Elle nous désigne les chaises vides en se tortillant dans les bras de son chéri.

— Arrêtez de faire les asociaux et venez me tenir compagnie.

Joe est le premier à s'asseoir. Il jette un coup d'œil à Bear et lui lance :

— Sérieusement, mec... Tu peux la lâcher deux minutes ?

Bear sourit sans se détacher d'elle.

— City, allez… Tu me connais depuis toujours. Ai-je déjà été comme ça avec une autre femme ?

Joe le dévisage un instant sans parler puis répond :

— C'est juste…

— Grossier ? demande Bear en haussant un sourcil.

Joe se met à rire.

— Eh bien, ouais, mec. C'est ma tante et tu la tripotes devant tout le monde.

— J'aime ma femme. Je pense donner aux enfants un bon exemple de ce qu'est l'amour.

Le rire de Joe disparaît.

— Je ne veux qu'aucune de mes filles s'asseye sur un mec comme ça.

Bear secoue la tête en rigolant.

— Tu as eu leur âge un jour. Que faisais-tu alors ?

Joe ferme les yeux en serrant fortement les paupières.

— Changeons de sujet.

Morgan attrape une chaise pour s'asseoir près de Fran et Bear. Il grimace en les voyant continuer à se peloter.

— Je suis sur la piste d'un mec, dit-il.

Je demande :

— Quel mec ?

Je veux bien parler de n'importe quoi dès l'instant où ça m'évite de voir ma tante et son mec se rouler des pelles.

— Un connard qui a été libéré sous caution et qui court à travers le pays depuis un an. D'après les rumeurs qui circulent, il se cacherait quelque part dans les parages.

— C'est une semaine consacrée à la famille, lui rappelle oncle Sal.

— Il vaut cent mille plaques, mon oncle.

Sal frotte les minuscules rides sur son front.

— Tu as besoin d'argent ?

Je les regarde discuter et me détends avec ma bière, ravi que tout le monde soit là.

— Non, mais il n'y a rien de plus trippant que d'épingler un salaud, répond Morgan avec un sourire satisfait.

— Qu'a-t-il fait ? demande Joe.

— C'est un grand criminel en col blanc. Son fric et ses relations lui ont permis de se cacher pendant bien trop longtemps.

— Donc, il n'est pas dangereux ? demande Joe avec une certaine curiosité.

Morgan secoue la tête.

— Il ne l'a encore jamais été, mais… dit-il en se frottant lentement les mains. Comme tout animal traqué, il pourrait le devenir.

— Pourquoi est-ce que vous faites les cons à pourchasser ces criminels, vous autres idiots, je ne le comprendrai jamais, dit Fran.

— C'est un truc de mecs, ma chérie, dit Bear en la serrant contre lui jusqu'à ce qu'elle se laisse fondre dans ses bras. Où et quand ?

— Je vais passer quelques coups de fil et déterminer une heure. Tu en es ? demande Morgan à Bear.

— Ouais, putain. Et vous ? demande Bear en se tournant vers Joe et moi.

— Suzy me couperait les couilles.

— Je savais bien qu'elles n'étaient plus à toi, répond Bear, provocateur, en adressant un clin d'œil à Joe.

Il se fait fusiller du regard en retour.

— Pas grave, dit Morgan en remuant la main. Je vais demander de l'aide auprès de vieux potes du quartier.

— Pas question, putain ! dis-je sans réfléchir. Je vais t'aider et je suis sûr que mes frères aussi.

— C'est bon, grogne Joe. On est avec toi, mais il y a intérêt à ce que les choses ne partent pas en couille.

Morgan a un sourire en coin.

— Est-ce déjà arrivé… ?

CHAPITRE 13
TILLY

— JE ME DEMANDE BIEN de quoi les mecs parlent… dit Suzy en observant le jardin où les hommes sont rassemblés.

— Quel que soit leur sujet de conversation, ça a l'air sérieux, ajoute Izzy en se penchant dans leur direction, les yeux plissés. Vous voulez que je me renseigne ?

— Laissez-les tranquilles, répond Race. C'est sûrement à propos de la prime que Morgan cherche à obtenir.

Je demande en haussant les sourcils :

— La prime ?

Izzy soupire.

— Ils ne peuvent pas s'en empêcher, hein ? C'est censé être une semaine familiale et voilà où ils en sont, dit-elle en remuant la main dans leur direction. À mijoter quelque chose qui, sans aucun doute, va nous foutre les nerfs en boule.

— On ne changera pas les hommes, dit Mia en jouant avec le pied de son verre à vin. Il faut toujours qu'ils cherchent les embrouilles.

— Une prime… Tu veux dire comme dans…

Je n'arrive pas à finir ma phrase. Je pensais que ces trucs-là n'arrivaient que dans les films ou à la télé. Je ne croyais pas qu'en dehors des policiers, il y avait des gens qui poursuivaient des criminels pour toucher de l'argent.

Izzy acquiesce.

— Ouaip. Morgan fait ça depuis des années et maintenant, il a impliqué les gars de l'ALFA dans ses magouilles de chasseurs de prime. Ils n'ont même pas besoin de l'argent, putain. Ils font ça par pur plaisir d'attraper les méchants.

— C'est la testostérone. Ça leur fait faire des conneries débiles avant de réaliser à quoi doit vraiment servir leurs couilles, dit Mia en levant son verre tout en secouant la tête. Mais c'est plus fort qu'eux, ils continueront à faire les cons jusqu'à leur dernier souffle.

— Je ne sais pas comment vous supportez ça, dit Delilah en prenant un petit morceau de fromage. Je ne peux même pas imaginer Lucio se mettre en danger tous les jours…

Izzy rigole doucement.

— Hey, poupée, il bosse dans un bar des quartiers sud de Chicago. Il est en danger tous les jours.

— Ce n'est plus si terrible, intervient Daphne. Le quartier a beaucoup changé depuis que vous êtes partis. Il y a dix ans, je ne me serais pas sentie tranquille de tenir le bar tous les soirs, mais maintenant la clientèle est faite de mecs branchouilles et d'hommes d'affaires.

— Mon ange, le bar pourrait se trouver dans le quartier le plus chic de la ville, il n'en serait pas moins à Chicago et ici, les gens ont soif de fric, répond Izzy en détournant les yeux des hommes pour regarder Daphne. Ton travail n'est pas moins dangereux que le leur.

Daphne secoue la tête.

— Eux cherchent les emmerdes, c'est différent.

— Que se passe-t-il ? demande Max en venant s'asseoir à côté d'Izzy.

Angel fait un mouvement de tête vers les hommes toujours agglutinés ensemble qui parlent à voix basse.

— Ils mijotent un truc. Race dit que Morgan est sur la piste d'un type.

Max se met à grogner en se massant les tempes du bout de ses doigts.

— Est-ce qu'on pourrait un jour avoir des vacances ?

— La réponse est non, répond Izzy d'un ton sans appel.

— Je vais prendre Morgan à part et lui dire de laisser tomber le complot qu'il mijote, quel qu'il soit, dit Race comme si ça n'allait être qu'une formalité.

Mais je sais que rien n'est jamais si facile avec les hommes Gallo.

Izzy éclate de rire.

— Oh, je veux voir ça ! Est-ce que tu peux le faire maintenant pour qu'on profite du spectacle ?

Race plisse les yeux et retrousse les lèvres.

— Je peux être très convaincante, ma chère.

— Je n'en doute pas, chérie. Je suis sûre que tu sais comment t'y prendre avec lui, mais vu son regard et sachant qu'il a déjà réussi à impliquer les autres, il n'est plus question de les arrêter.

— Oh que si, déclare Bianca en repoussant la table. Vinnie ne se mêlera pas à ça. Aucune chance.

Je mets une main sur ma bouche pour dissimuler mon sourire. Je ne fais pas partie de cette famille depuis longtemps, mais de ce que j'ai pu en voir, il n'est pas possible d'arrêter un Gallo quand il a un plan en tête. C'est déjà le cas pour les trois qui vivent ici à Chicago mais maintenant, avec toute la tribu réunie, je suis certaine que ce n'est pas mieux.

— Tu vas lui dire non ? demande Delilah en esquissant un sourire.

Bianca se lève en hochant la tête.

— Putain, un peu que je vais le faire ! dit-elle en portant une main à son ventre et son geste ne passe pas inaperçu. Il ne va pas faire de conneries. Pas maintenant. Il vit trop de choses importantes pour risquer de se faire blesser.

— As-tu quelque chose à nous dire ? demande Daphne à qui le geste de Bianca n'a pas échappé.

— Il a signé un contrat dans une équipe de foot et on va se marier, répond Bianca en se redressant. Ce n'est pas le moment de déconner.

— Ah-ha, marmonne Daphne. Va le lui dire alors. On t'attend.

— Très bien, j'y vais, nous dit Bianca avant de fouler la pelouse en direction des hommes.

— Quelqu'un d'autre a remarqué ? demande Daphne en pointant Bianca de son long doigt maigre. Elle est en cloque, non ?

— Elle n'a pas touché une seule goutte d'alcool, alors je dirais qu'il y a de fortes chances qu'elle soit enceinte, dit Mia avec désinvolture. Si on tient compte de sa main posée sur son ventre, c'est même quasiment sûr.

— C'est ton tour maintenant, dit quelqu'un, mais je suis trop occupée à regarder Bianca pour comprendre qu'on s'adresse à moi jusqu'à ce qu'on me donne un léger coup de coude. Tu m'entends ?

Je me tourne vers Delilah, confuse.

— Pardon ?

— C'est ton tour. Vous feriez bien de vous mettre au boulot, Angelo et toi, pour donner un autre petit-enfant à Betty.

Je réponds :

— On a Brax et Tate.

— Virgule, me lance Delilah ; et ?

— Il n'y a pas de virgule. On a deux enfants et en plus, je pense que je suis trop vieille pour avoir un bébé.

— Tu n'es pas trop vieille, Tilly, intervient Mia et mon regard glisse vers elle.

Je ne suis pas toute jeune non plus. Daphne m'observe un instant avant de déclarer :

— Angelo va avoir envie qu'un petit bout de vous deux vive sur cette Terre longtemps après vous. Alors tu ferais bien de te préparer, ma chérie. Cet homme va te mettre en cloque en un rien de temps.

— Peut-être. On en a à peine parlé et je ne pense pas qu'on soit prêts.

— Tu peux toujours te répéter ça, me dit Suzy. Je pensais aussi qu'on n'aurait pas d'autre enfant et puis… surprise !

Je porte ma main à ma gorge. Je commence à avoir un coup de chaud.

— Je ne pense pas que…

Je ne finis pas ma phrase parce que la voix de Bianca

couvre la mienne et fige tout mouvement et toute discussion à notre table. Elle a attrapé Vinnie par le bras et le tire en arrière en jurant comme je n'ai jamais entendu quelqu'un jurer.

— Oh, oh… On dirait qu'il y a de l'eau dans le gaz, dit Delilah en pouffant de rire. Je parie cinq dollars sur Bianca.

— Mais putain, qu'est-ce qu'elle dit ? demande Izzy mais je hausse les épaules parce que je ne connais pas un seul mot d'espagnol. Elle lui tire dessus à bout portant !

— Je n'ai jamais vu Vinnie muet comme ça, glousse Daphne alors que nous les regardons toutes en état de choc.

Vinnie se passe la main dans les cheveux. Il essaye d'en placer une mais à chaque fois qu'il ouvre la bouche, Bianca lève une main devant son visage pour le faire taire.

Elle gueule en faisant de grands gestes. Quand une nouvelle suite de gros mots sort de sa bouche, Vinnie écarquille les yeux et se raidit.

— Bébé ! crie-t-il en essayant de couvrir sa voix mais elle ne compte pas s'arrêter.

— Ne m'appelle pas bébé, crache-t-elle en plantant ses poings dans ses hanches. Tu vas rester en dehors des conneries qu'ils préparent.

Vinnie hausse les sourcils.

— Pardon ?

— Oh putain, chuchote Daphne, ça va se corser…

Bianca tend un bras entre eux et vient appuyer son index au milieu de la poitrine de Vinnie. Puis, se rapprochant de lui, elle répond :

— Tu m'as très bien entendue, dit-elle en plissant les yeux. Je te l'interdis.

Il baisse les yeux sur sa main mais ne fait rien pour la repousser.

— Tu me dis ce que je dois faire maintenant ?

— Exactement, répond-elle en enfonçant son doigt. Tu ne vas pas faire de connerie débile sur un coup de tête et revenir blessé. Tu m'entends, Vinnie Gallo ?

— Je t'entends parfaitement bien, ma belle. Mais je n'allais pas faire de *connerie débile* sur un *coup de tête*. Il faut que tu te calmes avant de…

— Me calmer ? répète-t-elle en sursautant avant de lui demander en le fusillant du regard : Tu m'as bien dit de me calmer ?

Je grimace. Aucune femme n'aime qu'on lui dise de se calmer. Ça jette de l'huile sur le feu et engendre encore plus de colère. Mais apparemment, Vinnie ne se rend pas compte de la gaffe qu'il vient de faire.

— Heu, ouais, mon cœur. Tu es trop énervée, ce n'est pas bon pour le…

Bianca enfonce encore son index dans sa poitrine pour l'empêcher de tout avouer concernant l'heureux événement qui est dans son ventre.

— Énervée ? S'il te plaît, dis-moi que tu ne viens pas de me balancer ça…

Vinnie pose une main sur la hanche de Bianca.

— Je suis un grand garçon, ma belle. Il ne va rien arriver de mal. Détends tes jolis petits tétons et viens m'embrasser.

— Qu'est-ce qu'il ne vient pas de dire… commente Max.

Nous sommes toutes sur le cul, attendant que les vraies hostilités commencent.

— Jolis tétons ? répète-t-elle, loin de l'embrasser.

— Ouais, dit-il en abaissant un regard brûlant sur son décolleté. Ce sont mes tétons à moi et ils sont sacrément jolis.

Le visage de Bianca se chiffonne.

— N'essaye pas de me baratiner après m'avoir dit de me calmer.

— Qu'ai-je dit de mal ? demande-t-il.

— Tu m'as dit qu'il fallait que je me calme.

— Nom de Dieu, putain, marmonne-t-il en levant les yeux au ciel. Est-ce qu'on peut aller parler de ça dans la maison ?

— Ils vont baiser, ça ne fait aucun doute, dit Daphne.

— Dans cinq minutes, ils se sautent dessus comme des lapins, approuve Delilah.

— Non. Elle est trop contrariée, leur dis-je.

— Ma chérie, répond Izzy en se tournant vers moi. Elle va passer sa colère en le baisant et se servir de sa chatte pour obtenir de lui ce qu'elle veut.

Je lui réponds :

— Bianca est trop douce pour ça. Elle n'utiliserait pas le sexe comme une arme contre lui.

Izzy rit à gorge déployée.

— Nous l'utilisons toutes comme une arme et le refusons comme une punition. Si tu n'en fais pas autant, tu as tort !

Je croise les bras sur ma poitrine.

— On ne se dispute pas, c'est tout.

— Ça viendra. Et quand ça viendra, souviens-toi… dit-elle avec un sourire amusé sur les lèvres, baise-le jusqu'à le soumettre.

Je vois ce qu'elle veut dire, mais je ne suis pas comme ça de nature. Je n'aime pas les rapports de force. Généralement, je fais la gueule un moment en attendant que ma colère retombe et finis par tourner la page. Je n'ai jamais *passé ma colère en baisant*.

— C'est ce que fait James avec toi ? demande Max à Izzy en haussant un sourcil parfaitement épilé.

— Oh, va te faire foutre, Max, grogne Izzy.

— Ils y vont, dit Mia et nous nous tournons toutes pour les voir rentrer dans la maison, Bianca tirant une fois de plus Vinnie par le bras. Je leur donne dix minutes.

— Cinq, dit Daphne.

Je demande :

— Qui va gagner ?

— Ils vont gagner tous les deux, répond Izzy en souriant. Mais Vinnie n'ira pas avec les autres. Ça, je le sais.

— Angelo non plus, dis-je précipitamment.

— Alors tu ferais bien de te préparer à utiliser ce que Dieu t'a donné pour faire plier ton homme, me dit Izzy. Parce que sinon, il ira.

Je tripote la serviette posée près de mon verre. J'aimerais autant ne pas parler de ce que Dieu m'a donné.

— Je suis sûre de pouvoir tout simplement lui expliquer ce que je ressens et qu'il sera d'accord pour ne pas y aller.

Tous les yeux des filles se braquent sur moi comme si je venais de proférer la plus grosse énormité qui soit.

Mia pose sa main sur la mienne et la presse doucement.

— Oh, ma chérie, il en faut un peu plus pour amadouer les hommes Gallo. Tu verras.

Sans doute, mais je connais aussi mon mari. Il écoutera. C'est le principe du mariage, non ?

CHAPITRE 14
ANGELO

ANGELO

— PAPA, papa !

Brax me rejoint en courant, les bras dégingandés. Il vient s'arrêter à mes pieds en haletant et lève les yeux vers moi avant de les plisser à cause du soleil.

— Devine quoi !

J'ébouriffe ses cheveux et lui souris.

— Hum…

Je touche mon menton et tortille mes lèvres en essayant de me mettre dans sa tête de petit garçon. Son esprit part tellement dans tous les sens qu'avec ce genre de question, je ne sais même pas par où commencer.

— Tu as trouvé des bonbons ?

Il secoue la tête et continue à me fixer en dansant d'un pied sur l'autre, incapable de tenir en place.

— Tu… dis-je sans savoir comment finir ma phrase parce que je n'ai pas la moindre idée de la réponse. J'abandonne, mon chéri. Je donne ma langue au chat.

Il tortille ses mains devant lui et se hisse sur la pointe des pieds.

— Je veux te le dire à l'oreille, chuchote-t-il avant de démêler ses doigts et de me faire signe d'approcher la tête.

Je me penche en avant pour être à sa hauteur et surprends au passage un regard de Tilly qui est assise avec mes cousines à l'autre bout du jardin.

— Qu'y a-t-il, Brax ?

Il met ses mains en coupe et encercle mon oreille avec ses doigts minuscules.

— J'ai une maman maintenant.

Les larmes me montent aux yeux avant qu'il ait fini de prononcer le dernier mot. Je me sens oppressé et mon corps se raidit un bref instant. Une douleur sourde résonne dans ma poitrine à la pensée de Marissa, mais elle est vite remplacée par un sentiment chaleureux envers ma nouvelle épouse et mon fils qui me regarde comme s'il venait de recevoir le plus beau cadeau au monde.

Je m'agenouille, passe un bras sous ses jambes et le prends contre moi.

— Oui, mon p'tit gars. Tu es content ?

J'essaye d'empêcher ma voix de trembler.

— Tu es triste, papa ? demande-t-il en touchant le coin de mon œil avec le bout de son doigt. Tu pleures.

J'écarte sa main et l'embrasse sur la joue.

— Je suis heureux, Brax. Très heureux.

Je le couvre de baisers jusqu'à lui faire oublier mes larmes. Il se tortille dans tous les sens en essayant de se libérer de mes bras.

— Papa, arrête ! crie-t-il avant de parvenir à s'échapper.

Ma mère attrape Brax par les épaules et l'attire contre ses jambes.

— Est-ce que ton papa fait des bêtises ? lui demande-t-elle en me regardant d'un air amusé, les sourcils froncés.

— Il m'a fait trop de bisous, lui répond Brax avant de me tirer la langue comme si ma mère allait me gronder pour un truc pareil.

— Pourquoi n'irais-tu pas jouer pendant que j'ai une petite discussion avec ton père ?

Je sais qu'elle mijote quelque chose. Un classique chez Betty Gallo.

Quand Brax me regarde, je lui adresse un rapide mouvement de menton et il décampe.

Ma mère croise les bras sur sa poitrine et plisse les yeux.

— De quoi parliez-vous avec les garçons, tout à l'heure ?

— Les garçons ? Ma, on est tous adultes, dis-je en riant.

— Tu seras toujours mon enfant, Angelo. Ne joue pas avec mes nerfs. Quand un coup se prépare, je le vois tout de suite. Je suis peut-être vieille, mon petit, mais je ne suis ni stupide ni aveugle.

Je passe une main dans mes cheveux en fixant le sol, incapable de la regarder dans les yeux.

— Aucun coup ne se prépare, Ma.

— Foutaises, marmonne-t-elle en secouant la tête. Répète-moi ça en me regardant dans les yeux.

Je relève la tête en faisant de mon mieux pour ne pas avoir l'air de mentir, même si cette femme me connaît mieux que personne.

— Allez, Ma. Ce n'est rien, vraiment.

Elle s'approche d'un pas et lève le menton.

169

— Je sais flairer les embrouilles. Alors tu ferais mieux de cracher le morceau avant que je n'apprenne le fin mot de l'histoire par quelqu'un d'autre.

Je grommelle.

Betty est une fouineuse. Tant qu'elle ne saura pas la vérité, elle ne lâchera pas l'affaire. Elle est implacable, surtout quand ça concerne ses enfants.

— C'est vraiment trois fois rien. Morgan a besoin de notre aide pour un truc.

— Un truc ? répète-t-elle en penchant la tête. Explique.

— Une mission qu'il a.

— Et que faites-vous de la semaine en famille ?

Je soupire.

— Il s'agit de faire une sortie en famille. Au lieu d'aller au bar ou jouer au golf, on va faire un petit boulot.

Je crois presque à mon mensonge. Je me trouve très persuasif mais, à en juger par le regard glacé de ma mère et ses lèvres pincées, elle n'est pas convaincue.

— Je te l'interdis, dit-elle comme si j'étais un petit garçon qui voulait se lancer dans une aventure trop dangereuse.

— T'es sérieuse, Ma ? Je ne suis plus un gamin, j'ai deux enfants !

— Justement, répond-elle en me donnant un petit coup dans la poitrine. Tu dois rester là pour tes petits et ta nouvelle épouse. Le temps de te mettre en danger pour des singeries est révolu et ne reviendra jamais.

Je lève les mains en l'air et réponds par un mensonge :

— Très bien, Ma. Comme tu voudras.

Il n'y a aucune chance pour que je laisse mes frères et mes cousins tout seuls dans cette affaire. Ma mère n'a plus son mot à dire sur mes décisions, même si elle pense le contraire.

— Pareil pour tes frères.

— Je vais leur parler, dis-je en souriant tout en posant une main sur son épaule. Promis.

Mon Dieu, je déteste mentir à ma mère mais parfois, je n'ai pas le choix. Ce n'est pas la première fois que nous ferons quelque chose contre son gré et ça ne sera pas la dernière.

— Betty, ramène-toi par ici ! crie tante Mar depuis la table en faisant signe à ma mère de la rejoindre.

Ma m'épingle du regard.

— N'oublie pas, Angelo. J'attends de toi que tu montres l'exemple. Ton père a fait suffisamment de conneries dans sa vie pour que j'aie maintenant à supporter que mes bébés se mettent en danger à leur tour.

Elle me fait du chantage affectif. Elle le fait bien, mais pour rien au monde je ne laisserai tomber mes cousins. Morgan nous a assurés qu'il n'y avait aucun danger. Ça allait sans dire, vu qu'il est question d'être tous ensemble contre un seul homme.

Je reste planté là à la regarder s'éloigner enfin. Je remplis pleinement mes poumons avant de souffler une longue et lente expiration. Ça, c'est fait. Mais je suis sûr que les femmes échangent déjà des messes basses et que Tilly ne va pas tarder à me rabâcher les oreilles avec cette histoire elle aussi.

— Elle te casse les couilles ? demande tout à coup Joe à mes côtés en me foutant une trouille bleue.

— C'est son but dans la vie.

Il rigole et me donne une claque dans le dos.

— C'est son boulot, mec. Si tu veux te rétracter…

— Non. Je viens. On y va tous.

— On ne t'en voudrait pas. Tu devrais être en lune de miel et passer toute la semaine au lit avec ton épouse, au lieu de te mettre en danger pour les conneries que Morgan s'est mis en tête de faire.

— On est une famille. On se soutient. Notre lune de miel n'est que dans quelques mois de toute façon.

Comme il ne répond rien, je me tourne vers lui pour le regarder mais il fixe sa fille aînée, Gigi, allongée sur une chaise longue du patio.

— C'est dur, n'est-ce pas ? De regarder son bébé grandir.

J'essaye d'imaginer Tate à cet âge-là en rébellion et pleine d'hormones. Mais quels que soient mes efforts, je n'y arrive pas.

— C'est l'enfer sur Terre. Il n'y a pas pire, dit-il en secouant la tête. Celle-là, ajoute-t-il en la désignant de la tête, aura sûrement ma peau.

— C'est à cause d'elle tous ces cheveux gris ? dis-je pour le taquiner, ce qui me vaut un coup de coude dans les côtes.

— Attends seulement que tous ces connards se mettent à tourner autour de ta petite fille pour essayer de se la faire, mec. C'est le retour de bâton. Je le sais.

— Je ne pense pas que ça marche comme ça.

Il me fixe avec un drôle d'air.

— Alors dis-moi pourquoi n'ai-je que des filles ?

Je hausse les épaules.

— Un sperme paresseux ?

— Oh, va te faire foutre. Mon seul but dans la vie, à

présent, c'est d'effrayer chaque merdeux qui l'approche d'un peu trop près jusqu'à ce qu'il en pisse presque dans son froc et se barre en courant.

— Et ça fonctionne avec celui à qui elle parle maintenant ?

— Non, grogne-t-il.

— Quel est ton plan ?

— J'ai des yeux et des oreilles partout dans la ville. Elle partira bientôt à la fac et trouvera quelqu'un d'autre pour remplacer ce vaurien qu'elle semble incapable de lâcher.

— Tu ne peux pas tout contrôler, Joe.

— On en reparlera quand Tate sera en âge de sortir avec des mecs. Crois-moi, tu feras tout ce qui sera en ton pouvoir pour la protéger de tous ces enfoirés qui ne penseront qu'à la baiser.

Là, je suis convaincu. Je serai capable de tout. Je me ficherais même de finir en taule si ça pouvait garantir la sécurité de ma fille.

— Mais ne t'inquiète pas. Tu as encore beaucoup de temps devant toi avant que ça arrive. Tate est jeune, ça te laisse tout le loisir de réfléchir aux façons de torturer ses petits amis pour faire en sorte qu'ils n'abusent pas d'elle.

— Je saurai qui appeler pour des conseils.

Il lève le visage au ciel en soupirant.

— J'espère vivre assez longtemps pour pouvoir t'aider, cousin. J'ai comme l'impression que Gigi n'est que la partie visible de l'iceberg.

Je ne peux pas m'empêcher de rire. Au moins, contrairement à Joe, je n'ai à me faire du souci que pour une seule fille.

— Heureusement, dit-il, dans notre quartier les gens nous connaissent mes potes et moi et ils nous craignent comme la foudre. Mais la plupart du temps, les garçons ne réfléchissent pas avec leur tête.

— On est bien placés pour le savoir, dis-je et mon estomac se retourne à l'idée de ce qui m'attend.

CHAPITRE 15
TILLY

ANGELO S'EFFONDRE dans le fauteuil près du lit, renverse la tête en arrière et ferme les yeux.

— Quelle journée, dit-il doucement pendant que je grimpe sur ses genoux.

Il glisse ses mains sur mes hanches et enfonce ses doigts dans ma chair à travers ma robe.

J'appuie mes mains sur sa poitrine. J'adore sentir la chaleur de son corps et le battement régulier de son cœur sous mes paumes.

— Mon mari est-il prêt à aller se coucher ?

J'adore prononcer ce mot.

Ses mains descendent sur mes fesses et les empoignent. Il relève la tête et me regarde avec des yeux fiévreux.

— Je suis fatigué mais affamé, ma femme.

Un frisson me parcourt la colonne tandis qu'il resserre ses doigts sur moi. Je me penche et passe ma langue sur la barbe naissante de sa mâchoire. Je demande en murmurant contre sa peau :

— Qu'est-ce qui te ferait plaisir ?

Il contracte ses doigts et plisse le tissu de ma robe jusqu'à dénuder mes cuisses.

— Juste toi, me souffle-t-il à l'oreille ce qui me donne la chair de poule partout.

Je bascule le bassin pour frotter mon sexe à travers ma culotte contre sa queue tendue sous son jean. En plongeant mes yeux dans son regard brûlant de désir, je demande :

— Tu veux ma bouche ?

Son regard plonge en suivant le trajet de ma langue. Il resserre les doigts et m'attire contre lui.

— Je veux ta délicieuse chatte.

Mon Dieu, ce que j'aime quand il me parle comme ça ! Avant, entendre le mot chatte me faisait grincer des dents mais bon sang, quand il le dit comme ça, la voix rauque de désir, j'ai le corps qui tremble d'envie qu'il me prenne.

Je penche la tête jusqu'à effleurer ses lèvres.

— Et qu'est-ce que j'obtiens en retour ?

— Tout ce que tu voudras, mon cœur.

Je souris et appuie mes lèvres sur les siennes d'abord doucement, pendant que mes doigts défont le bouton de son jean. Il remonte une main dans mon dos et empoigne mes cheveux en m'embrassant plus profondément. Nos langues s'emmêlent et dansent ensemble dans nos bouches. Je suis ivre de désir et d'amour. Tout ce que je veux, c'est que mon mari me baise.

Je m'affaire fiévreusement sur sa braguette et il nous soulève ensemble sans jamais détacher sa bouche de la mienne. Quand j'abaisse son jean, libérant son beau sexe tout dur, il gémit contre mes lèvres et glisse ses mains sous ma robe. Je pousse un petit cri quand ses doigts effleurent mon clitoris si légèrement que mon corps s'avance dans sa main, car il meurt d'envie d'en avoir davantage.

— Ma culotte, dis-je en haletant dans sa bouche.

Sans dire un mot, il écarte le fin bout de tissu d'un côté et lève les hanches pour toucher mon sexe humide avec son sexe dur.

— Baise-moi, dit-il.

Je ne discute pas. J'ai envie de lui. Les regards volés à travers le jardin et la vision de sa peau brillant au soleil couchant m'ont remplie de désir.

M'abaissant sur lui, je ferme les yeux et l'embrasse comme l'affamée que je suis devenue. C'est peut-être la peur de ce que les hommes ont prévu de faire qui m'amène à le chevaucher de la sorte, en me soulevant et me baissant, m'empalant sur sa queue dure encore et encore jusqu'à ce qu'on en tremble, couverts de sueur.

Je me penche en arrière et le regarde dans les yeux alors qu'il est ancré profondément en moi.

— Je sais ce que je veux.

Son regard est brûlant.

— Qu'est-ce que tu veux ?

— Je t'ai donné ma chatte. Maintenant, je veux ta promesse.

Putain. Je me sens tellement vicieuse et puissante en cet instant… Après avoir eu une brève conversation avec Izzy, j'ai su comment obtenir ce que je voulais. Je m'étais sentie un peu coupable, mais à présent ce sentiment a disparu.

— Tout ce que tu veux, dit-il entre les dents en essayant de me soulever.

Mais je serre les jambes autour de ses cuisses pour l'en empêcher.

— Quels que soient tes plans, tu y renonces.

Il hausse un sourcil et un sourire se dessine lentement sur ses lèvres.

— Tu te sers du sexe comme une arme maintenant ?

— Pas comme une arme, mon chéri, dis-je avec un sourire narquois en faisant onduler mes hanches jusqu'à ce qu'il grince des dents. Tu m'as promis ce que je voulais, et si tu veux que je remue sur ta bite encore un peu et te donne ce dont tu rêves, tu vas me promettre ce que je demande.

— Sinon quoi ? demande-t-il en brossant mon téton avec son pouce, ce qui déclenche des spasmes dans mon bas-ventre.

— J'irai dormir et te planterai là avec ta gaule. Tu n'auras plus qu'à te finir tout seul.

C'est n'importe quoi. Je le sais. Je ne devrais pas faire ça, mais maintenant il est trop tard pour faire marche arrière. Le pouvoir me monte à la tête. Je le supplierai de me pardonner plus tard quand le danger sera loin derrière, mais pour le moment, je ferai ce qu'il faudra pour garder mon mari en sécurité et auprès de moi.

Il pose ses mains sur mes seins sans me quitter des yeux.

— Tu as peur ?

Je hoche la tête lentement.

— J'ai déjà perdu un homme. Ça n'arrivera pas deux fois, dis-je en toute franchise.

— Mon cœur, dit-il en faisant remonter ses mains sur ma robe jusqu'à mon cou. Je ne ferai jamais rien contre ta volonté. Je ne veux surtout pas que tu ressentes à nouveau la peur et la tristesse que tu as connues avant. Je dirai à Morgan et aux autres que je ne peux pas les accompagner. Rien n'est plus important que toi, ma douce Tilly.

Je le dévisage un moment en clignant des yeux plusieurs fois, soutenant son regard. C'était vraiment trop facile.

— Et je ne dis pas ça pour éviter que tu me laisses me finir tout seul, comme tu dis, mais parce que je veux le bonheur de ma femme et une longue vie à ses côtés.

— Tu promets que tu n'iras pas ?

— C'est promis, me répond-il sans ciller avant d'abaisser mon visage vers le sien pour embrasser ma bouche dans un baiser profond et brûlant de désir.

Je remue les hanches pour l'amener profondément en moi avec encore plus de force qu'avant. En quelques minutes on est tout haletants, gémissant d'extase. Mon corps est comblé et mon esprit est en paix.

Angelo me ceinture avec un bras, son sexe toujours enfoncé en moi et me murmure :

— Ne refais jamais ça.

Je chuchote en retour les lèvres contre son cou :

— Sinon quoi ?

Il soupire bruyamment.

— Je ne devrais plus te laisser traîner avec Izzy. Elle est un nid à problèmes.

Je demande en souriant toujours près de sa peau :

— Comment sais-tu que ça vient d'elle ?

— Elle a toujours été source d'ennuis depuis qu'elle est petite. Tu es trop gentille pour avoir pu manigancer ça toute seule, ma douce.

J'aimerais le contredire, mais il a raison. Je n'aurais jamais pensé ni eu le courage d'utiliser contre lui la chose qu'il voulait le plus en cet instant pour arriver à mes fins.

— Je ne suis plus la femme de notre première rencontre.

— Tu es une Gallo maintenant, dit-il en caressant de son pouce ma colonne vertébrale. Les femmes de ma famille sont fortes et fourbes, mais j'aime que tu sois douce et bienveillante.

— Je suis toujours douce et bienveillante.

Angelo est secoué par son propre rire.

— Tu ne l'as pas été.

Je me redresse pour le regarder.

— Qu'aviez-vous prévu de faire ?

Il hausse les épaules.

— Rien de très dangereux. Il avait besoin d'aide pour coincer un type.

— De *très* dangereux ?

Il sourit de me voir relever son choix de mots.

— Morgan comptait le faire tout seul mais il voulait des renforts au cas où ça dégénèrerait.

— Et qu'entends-tu par dégénérer ?

— Au cas où il soit blessé ou si le type arrivait à lui échapper. Ça fait un bout de temps que Morgan a quitté la ville. Je comptais seulement l'aider à localiser le type ; rien de plus, ma chérie. Les autres se seraient chargés du reste.

— J'ai été mariée à un homme qui pensait que sauver le monde était son devoir, Angelo, et je l'ai enterré. Je ne compte pas t'enterrer aussi.

Il prend mon visage dans ses mains.

— C'était stupide de ma part de prendre une décision sans t'en parler. Je suis désolé, dit-il en m'attirant pour poser son front contre le mien et je ferme les yeux en l'écoutant. Tu sais combien ma famille est importante pour moi. Quand un proche me demande de l'aide, il m'est difficile de refuser.

Il a raison. La famille est ce qu'il y a de plus important et maintenant je fais partie de celle-ci. Il ne se mettrait pas en danger pour de parfaits inconnus, mais pour ceux de son sang oui. De notre sang.

— Tu peux les aider si tu veux.

Je prends une profonde inspiration en espérant de toutes mes forces que je ne regretterai pas ces mots plus tard.

— Tant que tu me promets d'être prudent.

Il me fait redresser la tête pour qu'on se regarde dans les yeux.

— Je l'aiderai à trouver le type, mais je n'irai pas plus loin. Je ne me mettrai pas en danger, eu égard à toi et à nos enfants.

Ces mots me font chaud au cœur, en particulier de l'entendre parler de Brax et Tate comme étant nos enfants. C'est tout Angelo. Il n'y a pas eu un seul jour où je me suis sentie comme une pièce rapportée. Il m'a complètement incluse, tout comme les enfants l'ont fait. Son incroyable famille m'a témoigné plus d'amour et d'attention que j'aurais pu en rêver.

Je me penche pour embrasser ses lèvres douces et chaudes et murmure :

— Ok…

Il se met debout et je reste accrochée à lui, les jambes enroulées autour de sa taille.

— Maintenant que tu t'es bien amusée, je pense qu'il est temps pour moi de te rappeler qui commande vraiment.

Je glousse de rire quand il me laisse doucement tomber sur le lit et reste debout à me regarder. Provocatrice, je lui réponds :

— C'est toujours moi.

S'il y a bien une chose que j'ai apprise à propos des femmes Gallo, c'est que ce sont elles qui portent la culotte.

Angelo sourit et m'attrape par les chevilles d'un geste si rapide que je n'ai pas le temps de réagir avant qu'il m'attire vers lui.

— Je suis certain que c'est moi, ma belle, mais pense ce que tu veux si ça peut te rendre heureuse.

— C'est toi qui me rends heureuse, dis-je en parcourant son corps du regard avant d'ajouter avec un sourire en coin : Maintenant, déshabille-toi et baise-moi encore.

D'une seule main, il fait passer son tee-shirt par-dessus sa tête et le jette au sol.

— Vos désirs sont des ordres, répond-il en se débarrassant de son jean pour l'abandonner par terre.

La vue de mon mari tout nu m'assèche la bouche d'un seul coup. Je me fiche de savoir qui commande au point où on en est. Tout ce qui m'importe, c'est sa délicieuse façon de me regarder comme si j'étais sa proie.

CHAPITRE 16
ANGELO

ANGELO

— J'AI DU NOUVEAU, dit Morgan en s'asseyant sur un tabouret de bar suivi par mes cousins.

J'attrape quelques verres et les pose sur le comptoir en regardant les gars s'installer en rang. Je demande :

— Quelles sont les nouvelles ?

Je commence à remplir les verres de bière. Je me dis que quelles que soient les nouvelles, elles s'accompagneront bien d'un verre ou même de dix.

Sans perdre une seconde, Morgan attrape la bière que je pose devant lui. Il siffle la moitié du verre d'un trait. Remarquant son malaise, James lui lance un regard de biais.

— Ok, donc... Quintin m'a appelé, dit Morgan après s'être essuyé la bouche d'un revers de main.

— Qui est Quintin ? demande James en se tournant vers sa bière.

— Une vieille connaissance. On s'est engagés ensemble dans un camp d'entraînement militaire mais après le service, nos vies ont pris des trajectoires différentes. J'ai rempilé au moment où Quintin sombrait dans une spirale infernale.

— Et en quoi serait-il une source fiable ?

— Peu importe les conneries de ces dix dernières années, je sais qu'il assurera toujours mes arrières exactement comme il l'a fait quand on a servi ensemble.

Je me penche en avant en jetant un torchon sur mon épaule et regarde Morgan droit dans les yeux.

— Et quand tu parles de spirale infernale, je présume que ça implique des problèmes avec la justice…?

Il acquiesce.

— Quelques-uns, mais rien de grave. Il connaît tous les faits et gestes de ce qu'il se passe dans le quartier où notre homme se cache.

Joe se penche pour regarder la rangée d'hommes assis après Morgan.

— Tu vas tourner autour du pot toute la journée ou bien tu vas nous dire ce que tu sais ?

— Quintin a dit qu'il se cache dans une maison et qu'il a payé les types d'un gang local pour assurer sa protection, répond Morgan en haussant les épaules avant de porter son verre à ses lèvres. Ça complique juste un peu les choses.

Je hausse un sourcil.

— Un peu ?

— On a traité avec des membres de gang toute notre vie, dit Morgan comme si ce n'était vraiment pas la fin du monde.

Je tape le comptoir devant lui. Il est temps que je renseigne un peu mon cousin. Il a beau avoir grandi, il n'a pas gagné en maturité.

— Chicago n'est plus la même ville dans laquelle tu as

grandi, Morgan. Les choses sont parties en couille après ton départ. Les rues puent la mort et le chaos.

— Alors c'est non ? demande-t-il en soupirant.

— C'est un coup foireux. On a tous plus de fric qu'on pourra jamais en dépenser alors je ne vais pas risquer de me faire tirer dessus juste pour coincer un criminel en col blanc entouré de gars d'un gang. Ça ne vaut pas le coup, dit Mike qui ne saurait pas mieux dire. Même si on en sortait vivants, Mia me couperait les couilles !

— Est-ce que quelqu'un est partant ? demande Morgan en regardant de gauche à droite sans obtenir une seule réponse. Très bien. On laisse tomber.

Thomas repousse son verre de côté et se tourne vers Morgan.

— Je donnerai l'info à mes potes de la gendarmerie. Laissons-les régler ce merdier. Ils ont tout un arsenal et la loi pour eux.

— Ça marche. Bon, et qu'est-ce qu'on va bien pouvoir foutre ici pendant trois jours de plus ? demande Morgan comme s'il était dans le trou du cul du monde.

— Je ne sais pas… Manger, boire, baiser et profiter un peu de la vie, dis-je en proposant ça avec un sourire narquois parce qu'il y a mieux à faire dans la vie qu'essayer de se faire buter.

C'est la différence entre mes cousins et moi. J'aime les choses banales. Je préfère rester à la maison ou dîner en famille que courir derrière le danger. Morgan a l'air d'avoir envie de choses moins saines, mais ce n'est pas totalement nouveau.

C'est peut-être de perdre Marissa qui m'a fait prendre

conscience de la valeur de la vie. Ça m'a appris à apprécier les petits riens, ces choses que les autres trouveraient ennuyantes, et à savourer le calme.

— Les parents s'occupent des enfants toute la semaine. On devrait profiter de ce temps loin de chez nous et de ces petites libertés, dit Anthony en repoussant son verre vide. Pour ma part, je veux m'amuser le plus possible cette semaine.

— Eh bien, que veux-tu faire ce soir pour commencer ?

— Putain, dit Anthony entre ses dents en se tirant les cheveux. Je ne sais pas. Je me sens tellement vieux maintenant, bordel !

Joe lui donne un coup de coude dans les côtes.

— Tu es vieux, crétin.

— On est tous vieux, grogne Anthony. Qu'est-ce qu'il s'est passé, putain ?

— On a grandi. Tout n'a pas été aussi génial qu'on nous l'avait décrit, dit Thomas. Faites des gosses, qu'on nous a dit. Ça sera chouette, qu'on nous a dit. Pire mensonge, tu meurs.

— Mec, tu as un fils. Arrête de dire des conneries, dit Joe en serrant les dents. J'ai des filles. Moi, j'ai de quoi me faire du souci.

— Je ne t'envie pas, répond Thomas en souriant.

— Eh, en prévoyant le premier rencard de Lily j'ai déjà mis de côté l'argent pour ma caution, ajoute Mike en haussant une épaule. Je me suis fait à l'idée de devoir totalement effrayer le premier soupirant pour qu'il répande ma réputation comme une traînée de poudre.

— Une petite merde n'arrête pas d'appeler à la maison pour parler à Tamara, dit Anthony en fermant douloureusement les yeux. Je n'aurai aucun scrupule à lui foutre la trouille de sa vie s'il se pointe à ma porte.

— Ce n'est qu'un début, leur dit Joe en prenant une autre gorgée de bière. Les choses vont de pire en pire ensuite.

— On était tous autour d'Izzy pour la protéger, mais nos filles n'ont pas huit gros bras pour les défendre et gérer les ennuis, ronchonne Mike.

— Je ne pense pas qu'Izzy voie les choses de cette façon, intervient James. Elle dit que vous n'avez été qu'une bande d'emmerdeurs.

— On l'est toujours, ajoute Anthony en levant son verre. Mais elle nous préfère comme ça.

— Je ne pense pas qu'elle partage cette opinion, répond James en riant. Elle dit que vous avez bousillé son adolescence.

Joe se met à rire.

— C'était notre boulot, et on l'a pris très au sérieux.

— Qu'y a-t-il de si drôle ? demande Ma en descendant les escaliers avec Brax et Tate.

— Rien, tante Betty, répond Joe en regardant mes deux enfants.

Ma hausse un sourcil.

— Qui veut venir au zoo avec nous ?

Tate pousse un cri strident et Brax, au comble de l'excitation, fait des bonds partout. Tate court me rejoindre derrière le bar et se cramponne à ma jambe.

— Papa, tu veux venir ?

Je m'agenouille et prends ma petite fille contre moi.

— J'ai du travail, ma puce, mais je suis sûr que mamie va te gâter.

— Je vais demander un cupcake à maman d'abord, dit-elle et personne ne se moquera de moi parce que les larmes me montent aux yeux.

— Ce n'est pas pour moi, lui dit Mike sans faire cas de mes larmes de crocodile. Il y a assez d'animaux ici pour me distraire.

— Tâchez seulement de ne pas vous fourrer dans des embrouilles, les garçons. Je me souviens de tout ce que vous faisiez quand vous étiez jeunes, dit Ma en nous clouant sur place avec un regard que j'ai vu des centaines de fois dans mon enfance.

— Ma, on avait dix ans, lui dis-je. Je pense qu'on est un peu plus raisonnables maintenant.

Elle pouffe de rire.

— Les hommes ne sont jamais raisonnables et s'ils le deviennent un jour, c'est quand ils sont tellement vieux que leur raison ne leur sert plus à rien.

— Elle est sévère, murmure Anthony contre son verre.

— Personne d'autre qu'elle n'aurait pu supporter les conneries de Santino toutes ces années, déclare Joe en parlant à voix basse si bien que ma mère ne l'entend pas, surtout avec le boucan que fait Brax en criant de joie et en courant partout.

— Bon, on y va, dit-elle avant de se tourner vers les escaliers. Tino, tu viens ou quoi ?

Mon père descend les marches d'un pas lourd et lent.

— J'arrive, femme. Calme-toi.

Le silence remplit la pièce parce que tout le monde sait que Betty Gallo ne supporte pas qu'on lui parle comme ça, même si ça vient de mon père.

Quand il pose le pied sur le carrelage sombre du bar, elle le regarde les lèvres pincées.

— Ma chérie, dit-il en essayant de passer un bras autour d'elle mais elle l'esquive.

— On s'en va, dit-elle. Ne faites pas trop de bêtises aujourd'hui.

— Au revoir papa, crie Tate.

Ma fille se précipite vers la porte d'entrée, sort et bifurque vers la boutique de cupcakes de Tilly.

— Je ne sais pas comment tu as fait, Angelo. Je ne peux pas imaginer élever deux enfants sans Mia, dit Mike dès que mes parents et mes enfants sont sortis du bar.

Je hausse les épaules.

— Je n'avais pas le choix, mais ce n'était pas facile. J'ai été au trente-sixième sous-sol du deuil pendant longtemps, mais on s'est débrouillés tant bien que mal.

— Tate a appelé Tilly maman, ça ne m'a pas échappé, me dit Joe. Comment te sens-tu par rapport à ça ?

— Je trouve ça doux et amer à la fois, mais tant que mes enfants sont heureux, je le suis aussi ; et puis, Tilly les aime comme s'ils étaient les siens.

— Vous allez en avoir d'autres ? demande Thomas.

D'une certaine façon, j'ai l'impression de subir un interrogatoire. Ils ont arrêté de se lancer des insultes à tout bout de champ ; maintenant ils sont tous tournés vers moi et ce sont des questions qu'ils me lancent.

— Comme Tilly voudra.

J'aurais une demi-douzaine d'enfants si ça pouvait la

rendre heureuse. Tout ce qu'elle voudra, elle l'aura. Me supporter n'est pas toujours facile et accepter de devenir un membre de ma famille à part entière, une famille qu'elle n'a pas conçue, lui vaudra mon éternelle reconnaissance.

CHAPITRE 17
TILLY

— C'EST BON. Je reviens vivre ici. Je rentre enfin chez moi, dit Izzy qui se tient près des fontaines au milieu du Macy's de State Street.

Elle lève les yeux vers les escalators qui desservent tous les étages en faisant lentement un tour sur elle-même.

— Ce doit être comme ça, au paradis.

Suzy pouffe de rire.

— Tu exagères…

— Combien d'étages avons-nous dans notre Macy's, Suzy ? demande Izzy en pointant son doigt en l'air.

— Deux.

— Celui-là en a sept, réplique Izzy en attrapant le bras de Suzy. Sept.

— Vous pouvez restées plantées là toute la journée à vous disputer en admirant les lieux la bouche ouverte, mais moi j'ai beaucoup de courses à faire, dit Max en mettant un pied sur l'escalator avant de chanceler légèrement. Je vais au rayon chaussures, je ne reviendrai peut-être jamais.

Nous lui emboîtons le pas parce qu'on aime toutes ce

genre de rayon et qu'il n'y a pas de meilleur endroit dans tout Chicago pour venir à bout d'une addiction aux chaussures que ce Macy's.

— Je n'ai plus de place dans ma valise, se lamente Race alors qu'on arrive au deuxième étage.

— Chérie, répond Izzy d'un ton amusé, fais-les toi expédier.

Puis, elle écarquille les yeux et m'attrape la main en renversant la tête en arrière.

— Oh mon Dieu, il y a toujours la Walnut Room ?

— Ouais, dis-je, faisant celle qui sait de quoi elle parle, mais à la vérité, je ne sais absolument pas en quoi la Walnut Room est toute une affaire.

— Les filles, on va manger et boire des coups d'abord. Septième étage ! lance Izzy à la volée. Si on mange maintenant, on pourra ensuite faire du shopping jusqu'à plus soif.

Nous avons à peine mis les pieds dans le magasin et encore moins fait les boutiques pendant des heures et je suis déjà épuisée. Mais j'ai vite compris qu'il n'est pas question de dire non à ce groupe de femmes, surtout maintenant qu'on est de la même famille.

Quelques minutes plus tard, nous sommes assises à une grande table au milieu de la Walnut Room. C'est une grande salle avec du bois sombre et du fer forgé.

— C'est exactement comme dans mes souvenirs, dit Izzy en tenant dans les mains le menu qu'elle ne regarde pas.

Elle est trop occupée à admirer l'indémodable beauté du restaurant.

— Ça n'a pas beaucoup changé au fil des ans, dit

Bianca en parcourant la pièce des yeux tout comme Izzy. Mon père nous emmenait toujours déjeuner ici le lendemain de Noël.

— Le mien aussi, dit Izzy précipitamment. On prenait toujours le train pour venir au centre-ville, passer la journée à faire les magasins et déjeuner au Walnut Room pour voir l'arbre de Noël.

Je n'imagine pas ce que ça fait de grandir près d'un magasin pareil ou d'une grande ville en général. La ville de mon enfance ne comptait que très peu de commerces et un tout petit centre-ville. Faire les boutiques donnait le cafard et les restaurants ressemblaient plus à des cantines.

Le plan de mes parents pour faire des folies le lendemain de Noël était de faire un peu de lèche-vitrines chez Kmart en attendant la prochaine saison des soldes. Il n'y avait pas de boutique grandiose ni de restaurant chic à moins de cent soixante kilomètres de notre petite ville de Géorgie.

Je demande à Izzy :

— Chicago te manque ?

Elle secoue la tête.

— Une petite part de moi a toujours l'impression que c'est ici chez moi, mais je ne pourrais jamais quitter le ciel bleu et les plages de sable pour retrouver les embouteillages et le béton.

Quand Gigi repose enfin son téléphone, Izzy lui demande :

— Pourquoi n'irais-tu pas à la fac ici, ma p'tite ?

Gigi ouvre de grands yeux.

— Il neige ici, tatie ! Je dépérirais et finirais par crever. Mon corps a besoin de soleil pour vivre.

— Tu dramatises autant qu'Izzy, dit Max en renâclant.

— On a du soleil, Gigi, lui dit Daphne. On se gèle les miches en hiver, mais on a quand même quelques belles journées.

— Quelques ? répète Gigi la voix haut perchée. Alors ça change tout, dit-elle avant de marquer une pause en regardant Daphne de travers. Ou pas.

— Les mecs sont chauds par ici, intervient Delilah comme si cette information pouvait à elle seule faire changer d'avis la fille de Suzy.

Gig rigole en secouant la tête.

— Il y a des beaux gosses, mais je préfère ceux qui sont un peu plus…

— Tais-toi, la coupe Suzy en se couvrant la bouche comme si la simple idée que sa fille puisse trouver un homme attirant la rendait malade.

— Ma, arrête… Regarde autour de toi, dit Gigi en désignant les clients du restaurant. Tu connais mon genre et c'est loin d'être ça.

Je demande :

— Tu aimes les gars de la campagne ?

Je me souviens de la fascination que j'éprouvais envers les robustes gars de la campagne et leurs gros pickups.

J'avais toujours cru que j'épouserais un paysan et vivrais dans une ferme pleine d'animaux au milieu d'hectares de forêt. Mais il ne devait pas en être ainsi. Aujourd'hui, j'ai un minuscule bout de pelouse dans l'une des plus grosses villes des États-Unis, et même si Angelo est d'une masculinité pure et dure, c'est loin d'être un paysan.

— Je ne les aime pas avec un joli petit visage… Je les préfère d'une beauté plus sauvage, dit Gigi.

— Alors pourquoi sors-tu avec ce naze ? lui demande Angel en faisant tournicoter une mèche de ses cheveux bruns autour de son doigt. Parce que tu viens de décrire ton père… Et ce gamin, quel que soit son putain de prénom, en est très loin.

Gigi a un léger haut le cœur.

— Je n'aime pas les hommes comme mon père, tatie Angel. C'est… beurk ! Et il s'appelle Keith, au passage.

— Ce petit con est collant comme une sangsue, lui répond Izzy. Comment allez-vous faire quand tu partiras pour la fac ?

Gigi repousse ses cheveux bruns derrière son épaule et se redresse.

— Je vais étudier en Floride et Keith part en Californie. On sait très bien qu'on ne tiendra pas la distance et que notre temps est compté.

— Dieu merci, putain, chuchote Suzy derrière son menu en faisant semblant de s'intéresser plus à la nourriture qu'aux paroles de sa fille.

— Je prévois de passer mes étés à Inked pour apprendre les ficelles du métier et voir comment tourne la boutique pour pouvoir un jour prendre la relève. Je n'aurai pas le temps d'avoir une relation, en tous cas rien de sérieux, alors je m'accommode du côté collant de Keith parce que notre relation a une date butoire.

— C'est sûrement la seule raison qui explique aussi pourquoi ton père n'a pas tué ce gosse, dit Max. Oh mon Dieu, ils ont de la tourte au poulet !

La conversation dérive tout naturellement.

— Mesdames, que désirez-vous boire ? demande le serveur venu se poster devant notre table.

Tout le monde commande du vin sauf Gigi et Bianca, ce qui ne passe pas inaperçu vu le moment de gêne qui suit le départ du serveur.

— Bon, tu en es à combien ? demande Mia en regardant Bianca à l'autre bout de la table.

Un silence gêné est de retour. Bianca ouvre et ferme la bouche mais aucun mot n'en sort. Tous les regards sont tournés vers elle, tout le monde attend une réponse.

J'interviens à sa place :

— C'est un secret. Ils ne veulent pas que ça se sache.

— Personne ne doit savoir, dit Bianca, pâle comme un linge. Pas encore.

— Pourquoi ? demande Izzy.

— Parce que mes parents deviendraient dingues. On n'est pas encore mariés.

Mia pouffe de rire.

— Tu ne vas pas pouvoir le cacher encore longtemps, alors prépare-toi à l'annoncer et ne t'inquiète pas des réactions.

— Vous êtes fiancés, bon sang ! dit Delilah en secouant la tête. Je suis sûre qu'ils comprendront.

Je suggère :

— Vous devriez peut-être vous enfuir pour vous marier, comme ça vous pourrez dire que vous aviez la bague au doigt quand c'est arrivé.

Bianca pousse un petit cri.

— Nous devons nous marier à Ste Catherine.

Izzy secoue la tête.

— Enfuyez-vous, mariez-vous puis renouvelez vos vœux à Ste Catherine après avoir annoncé à tes parents que tu es en cloque et déjà mariée.

Bianca pose une main sur son ventre.

— Je ne sais pas quoi faire…

— Eh bien, vous feriez bien de réfléchir vite parce que vous n'avez plus beaucoup de temps. J'étais grosse comme une baleine quand j'étais enceinte, dit Daphne en faisant un signe de tête rapide au serveur qui pose un verre de vin devant elle.

— Sommes-nous prêtes à passer commande ? demande-t-il.

Bianca paraît soulagée que la conversation prenne fin et que notre attention soit détournée. Être si jeune et devoir expliquer à ses parents qu'elle était en cloque avant de prononcer ses vœux n'est pas une situation enviable.

— Vous vous êtes mis au boulot, tous les deux, pour mettre en route ma prochaine nièce ou mon prochain neveu ? me demande Daphne.

— On en a déjà parlé, Daphne. Si ça arrive, ça arrive, dis-je en haussant les épaules même si une part de moi voudrait crier « oui » sur les toits. Si ça n'arrive pas, ce n'est pas grave. Avec Brax et Tate, on a déjà de quoi faire.

— Tu as échappé au terrible stade des couches. Je ne remettrais pas ça si j'étais toi, dit Delilah en posant sa main sur la mienne. Tu goûtes à la joie d'avoir des enfants sans vergeture ni fuite urinaire. Estime-toi chanceuse.

— Ton corps est ferme et intact, ajoute Max. Profites-en un max !

Je ne définirais pas mon corps avec ces deux adjectifs, mais c'est plaisant à entendre.

— Oh, arrêtez, ce n'est pas comme si vous aviez les seins qui tombent et le ventre flasque.

— C'est incroyable ce que de bons sous-vêtements

peuvent faire, répond Mia en riant. Ne te fie pas aux apparences. Quand je me déshabille, tout retombe.

— Mon Dieu, et moi je me suis trouvée un poil pubien gris la semaine dernière. J'ai cru mourir ! dit Izzy.

Je suis effarée par sa franchise.

— C'est dégoûtant, tatie. Ne parle pas de trucs pareils. Ça n'arrive pas pour de vrai, hein ? demande Gigi complètement catastrophée.

Suzy cache son visage dans ses mains et marmonne dans ses paumes en secouant la tête, mais la conversation se poursuit.

— Gigi, dit Izzy en se redressant avant de se pencher au-dessus de la table et de baisser la voix. Quand tu vieilliras, chacun de tes poils deviendra gris.

Gigi devient blanche.

— Oh mon Dieu… Comment fais-tu ?

— Tu peux utiliser de la cire, une pince à épiler ou laisser faire, répond Izzy avec désinvolture en prenant son verre de vin pour en boire une gorgée.

— Oh, pas la pince à épiler ! Mon Dieu, tu sais combien c'est douloureux ? intervient Angel en grimaçant.

— Je le sais par expérience, ma p'tite. Ce truc est horrible.

— Je t'ai toujours imaginée préférant les maillots brésiliens, ajoute Max comme si on parlait de robes et non pas des poils autour de nos vagins.

Izzy passe une main sur son visage.

— C'était le cas, mais j'ai arrêté quand je suis tombée enceinte et ne m'en suis jamais refait après. Mais on dirait bien que je vais devoir m'y remettre parce qu'il est hors de question que je me fasse aux poils gris.

Gigi dresse son téléphone comme un rempart devant elle en essayant de dissimuler son air choqué et dégoûté.

— Je ne peux plus écouter ça, dit-elle. Vous me faites flipper.

— Un jour, quand tu auras ton premier poil gris, tu te souviendras de cette conversation, ma chérie, dit Izzy en souriant à sa nièce. Et crois-moi, en faire l'expérience est bien plus flippant que d'en entendre parler.

— Je n'écoute pas, chantonne Gigi en se concentrant sur l'écran de son téléphone. Vous partagez bien trop d'informations avec moi, toutes autant que vous êtes, sans parler des trucs dégueulasses et cauchemardesques.

Vieillir est un cauchemar. Personne ne t'en parle quand tu es jeune. Les gens sont trop occupés à te dire à quel point il est merveilleux d'avoir trente ans, puis quarante ans, pour te dire la vérité, à savoir comment les choses se dégradent, seins et fesses inclus, et comment ta peau se met à ressembler à du papier froissé plutôt qu'à de la soie souple comme avant...

— J'ai une idée ! dit Daphne en nous détournant par bonheur du sujet du vieillissement. Vous pourriez vous marier à la mairie cette semaine pendant que toute la famille est là !

Delilah applaudit.

— C'est une merveilleuse idée ! Allez, Bianca. On te trouverait la robe idéale aujourd'hui et tu serais mariée avant le week-end.

— Je ne sais pas. Il faudrait que j'en parle à Vinnie.

— Il dira oui, déclare Daphne. Il crève d'impatience de te passer la bague au doigt.

— Je vais lui en parler, répond Bianca en souriant, la

main toujours posée sur son ventre. J'en ai marre de cacher cette grossesse.

— Tu l'as peut-être cachée à tes parents mais nous, on s'en doutait toutes, dis-je.

— Rien que tes seins te trahissaient, ajoute Daphne en riant.

Bianca écarquille les yeux en baissant la tête vers sa poitrine.

— Ils sont énormes, ça fait peur !

— Tout est surdimensionné quand tu es enceinte. Attends de voir. Ce bébé n'a pas fini de grossir et ton cul non plus, dit Delilah avec un sourire en coin. Lucio adorait mon corps quand j'étais enceinte.

— Encore une fois : TMI, je n'ai pas besoin de savoir ça, interfère Gigi en fronçant les sourcils tout en pianotant sur son téléphone.

Toute cette discussion autour de la grossesse me fait tourner la tête et une petite partie de moi éprouve la forte envie de comprendre ce dont elles parlent. De sentir un bébé bouger dans mon ventre… De tenir pour la première fois mon bébé dans mes bras, consciente d'avoir conçu un petit être humain.

Toutes ces choses à côté desquelles je suis passée en perdant Mitchell. Des années de ma vie ont disparu, mais pas pour rien. Sans ces années passées seule, je n'aurais pas rencontré Angelo. Avoir un enfant avec Mitchell aurait été compliqué. Il était rarement à la maison et même quand il n'était pas déployé, il était toujours surchargé de travail, préparant sa prochaine mission. J'aurais été comme une mère célibataire la plupart du temps et je ne sais pas comment j'aurais géré sa mort en étant responsable d'un petit enfant. J'étais à peine capable de m'occuper de moi-même, alors j'aurais encore moins pu prendre soin de quelqu'un qui aurait eu besoin de moi à cent pour cent.

J'éprouve un peu de jalousie envers ces femmes. Elles n'ont pas connu la douleur infinie de perdre l'homme qu'on aime, mais elles ont vécu la joie de mettre au monde un enfant. Je ne sais pas si elles ont vraiment conscience de la chance qu'elles ont. Je ne suis pas maudite, mais ma vie n'a jamais été un long fleuve tranquille.

— C'EST un truc de malade, mec ! dit Mike à Leo en remplissant son assiette. Papa nous emmenait voir les matchs des Cubs de Chicago quand on était petits et il réservait de bonnes places, mais ça n'avait rien à voir avec ça.

Les suites Diamond sont en effet un truc de malade. Je ne suis pas sûr de pouvoir à nouveau me contenter de places bon marché après avoir goûté à tout ce luxe. Il y a des télévisions à écran plat, des fauteuils confortables, l'air conditionné et une réserve inépuisable de nourriture et de boissons. Que peut-on rêver de mieux pour regarder un match de baseball ?

— Les parents ne savent pas ce qu'ils ratent, dit Thomas debout à côté de Mike, les yeux rivés sur la nourriture.

— Tu connais papa. Il fallait qu'il voie les Cubs en chair et en os et avec Santino, ils vont finir par faire de nos enfants des fans des Cubs eux aussi.

— Du moins, ils vont tout faire pour y arriver, dit Thomas en riant.

L'obsession que nourrissent tous ceux de la famille Gallo pour les Cubs remonte à loin. Ils chérissent l'équipe depuis leur enfance et même si elle n'a jamais remporté la Série mondiale, ils ont gardé la foi.

— Ils ont une tribune là-bas aussi, déclare Leo. La chaîne hôtelière a des loges dans chacun des deux stades qu'elle réserve pour sa clientèle haut de gamme et ses associés.

— Putain, ça doit coûter une fortune, dis-je en me dirigeant vers Tilly et en faisant glisser mes bras autour de sa taille. Tu vas bien, ma chérie ?

Elle penche la tête de côté et vient poser son front contre ma joue.

— Ça va.

Je sais bien que non. Elle est silencieuse et ce n'est pas dans ses habitudes. Elle est pleine de vie en général et c'est une telle pipelette que parfois mes oreilles bourdonnent, mais je ne m'en plains pas. J'aime qu'elle soit bavarde et par-dessus tout, heureuse.

Je la serre contre moi et fourre mon visage dans le creux de son cou.

— Quelque chose te tracasse.

Elle soupire.

— Non, ça va.

Le soupir l'a trahie. Quelque chose la préoccupe mais elle n'est pas d'humeur à m'en parler. Quel que soit le problème, je veux m'en occuper et rendre le sourire à ma chérie, mais là et pour le moment, ce n'est pas possible. Si elle n'est pas prête à me dire ce qui ne va pas, je ne vais pas lui tirer les vers du nez.

— Tilly, tu veux un verre de vin ? demande Daphne en débouchant une bouteille de blanc.

— Avec plaisir, oui, répond Tilly en me tapotant rapidement les mains, ce qui revient à m'envoyer balader.

Je la relâche mais sans la quitter des yeux. Son visage s'illumine quand elle prend le verre de vin et commence à parler tranquillement avec ma sœur.

— Qu'est-ce qui ne va pas ? demande Joe en me voyant planté au milieu de la pièce, les yeux rivés sur ma femme.

— Je ne sais pas, dis-je en haussant les épaules. Elle est distante aujourd'hui.

Joe passe un bras sur mes épaules.

— Elle est surement un peu dépassée, mon pote. Tout ce monde, ça fait beaucoup à digérer d'un coup.

— Tu as peut-être raison.

Peut-être est-ce uniquement la profusion de gens dans les parages cette semaine et toutes les réunions de famille qui l'ont vidée. Peut-être que ça la renvoie à la famille qu'elle n'a plus depuis la mort de ses parents. Il y a tellement de facteurs possibles qui ont pu lui taper sur le système cette semaine et je ne les avais pas pris en compte quand ma mère a voulu organiser une grande réunion de famille autour de notre mariage.

Joe attrape une bière dans le frigo et me la tend.

— Ne te torture pas l'esprit pour rien. Suzy a tant de sautes d'humeur que la plupart du temps, je ne sais même pas si elle est contente ou contrariée. C'est comme ça parfois, il ne faut pas chercher à comprendre. On sera partis d'ici quelques jours et tout redeviendra normal.

— Hey, trouduc, venez vous asseoir avec nous ! crie Anthony depuis sa place devant l'écran où l'on voit le terrain. Laissez les femmes tranquilles. Elles apprécieraient d'avoir un peu d'air sans que vous restiez là à les couver.

— Ton frère est chiant, dis-je à Joe en prenant une gorgée de bière.

— Ils me font tous chier, mec, répond Joe en souriant.

Je ne peux pas le contredire, mais je sais aussi combien on aime nos frères et sœurs et qu'on ne pourrait pas se passer d'eux. Je suis sûre que ça travaille Tilly d'imaginer ce qu'aurait été sa vie si elle n'avait pas été fille unique.

On rejoint nos places en descendant les escaliers. On est à mi-chemin quand Vinnie déclare :

— Bianca et moi avons une annonce à faire.

Je m'arrête et me retourne, surpris et heureux qu'il se décide enfin à dire qu'ils attendent leur premier enfant.

Il attrape Bianca et l'attire contre lui en passant un bras autour de ses épaules.

— Nous avons décidé de nous marier à la mairie demain après-midi et nous sommes ravis de vous y convier. Mais aucun de nos parents ne doit être mis au courant. On voudrait leur faire la surprise.

— À la mairie ? demande Lucio en se frottant la nuque et en regardant notre frère, hébété de confusion.

— Nous ferons le grand mariage à l'église plus tard, mais nous ne voulons plus attendre une minute de plus avant de devenir mari et femme, répond Vinnie en baissant les yeux vers Bianca avec un sourire sur les lèvres.

Je m'attends à ce qu'il annonce la deuxième surprise mais au lieu de ça, il dit :

— Bière et pizza chez Vito & Nick's après ça. Souvenez-vous : pas un mot aux parents.

Mon frère fait toujours les choses à la manière forte ou, devrais-je dire, différemment. Ça ne devrait pas m'étonner qu'il n'annonce pas encore la grossesse, surtout sans la présence de ma mère. Elle lui arracherait les cheveux si elle apprenait qu'il l'avait fait dans son dos.

— Dis-nous l'heure et on y sera, mon p'tit, dit Mike avec un mouvement bref du menton.

Les filles se précipitent vers Bianca pour la prendre dans les bras et lui dire leur enthousiasme. Je prends mon frère à part.

— Tu vas enfin cracher le morceau ?

Il fourre sa main dans sa poche.

— Demain pendant le dîner, quand on sera mariés. Tu sais que Ma et Pop doivent être là quand on l'annoncera, sans quoi Ma me tuerait sans hésitation.

— Je suis persuadé que tout le monde le sait déjà, lui dis-je.

Il hausse un sourcil.

— Comment ?

Je lui donne une claque dans le dos en riant.

— Quand tu auras passé neuf mois auprès d'une femme enceinte, tu pourras en repérer une à un kilomètre à la ronde, mon frère. Et puis le fait que Bianca ait soudainement cessé de boire et pose sans arrêt sa main sur son ventre comme si elle portait un secret au sens propre du terme n'aide pas à cacher l'affaire.

Son regard glisse vers Bianca qui a justement la main posée sur son ventre pendant qu'elle papote avec les filles.

— Eh bien, encore un jour et ça n'aura plus d'importance. On sera mariés et ses parents ne pourront plus la cacher dans un couvent quelconque.

Je rigole.

— Je ne pense pas que ces choses-là se fassent encore. Mais tu auras plus de chances d'éviter une droite de son père en pleine poire quand il apprendra la nouvelle.

— Je prévois de m'éloigner le plus possible de lui quand on l'annoncera. Je ne prendrai aucun risque. Ce n'est pas comme si je pouvais me battre avec lui, c'est son père quand même.

— On peut dire que tu n'as jamais choisi la facilité, dis-je en souriant avant de le prendre dans mes bras. La paternité te fera du bien.

Il n'a pas l'air convaincu. On dirait plutôt qu'il a les nerfs en pelote, ce qui était exactement mon cas quand Tate était en route. Je pensais que je n'étais pas prêt mais, encore une fois, je ne crois pas que personne le soit jamais. Il n'y a aucun moyen de se préparer aux nuits blanches, aux innombrables couches à changer ni à cette bouche à nourrir en permanence. Il n'est plus question de soi dans son emploi du temps et la prise de conscience de l'engagement qu'on a pris en créant un minuscule être humain ne nous frappe au visage qu'une fois qu'il est trop tard.

— J'ai peur, mec.

Je me recule et l'attrape par les épaules.

— On a tous eu peur. C'est normal, mais on sera tous là pour t'aider à traverser ce merdier.

— Tu viendrais à la mairie demain pour être mon témoin ? me demande-t-il.

— Je ne voudrais être nulle part ailleurs, frérot. Ce serait un honneur pour moi d'être ton témoin.

Je le serre encore contre moi et c'est peut-être la première fois de ma vie que je suis si tactile avec Vinnie. Il grandit et plus on prend de l'âge, moins la différence d'âge est perceptible. On va tous les deux être pères et c'est le moment de fêter ça.

J'aperçois Tilly à l'autre bout de la pièce. Elle regarde la table du buffet. Je me dirige vers elle ; il faut que je sache ce qui ne va pas et je suis incapable d'attendre plus longtemps.

Je pose mes mains sur ses hanches et la fais pivoter face à moi.

— Ma belle, qu'est-ce qui ne va pas ? Dis-le-moi. Ça me ronge.

Elle pose une main sur ma poitrine et me sourit.

— Ce n'est rien, mon cœur. Je suis juste un peu submergée. Rien de grave, promis. C'est dû à la fatigue. Même si c'était super, cette semaine a été longue et chargée.

Je pose mes lèvres sur son front et respire sa douce odeur.

— Je comprends. Plus que quelques jours et tout redeviendra plus calme.

Elle passe les bras autour de ma taille.

— Je suis ravie qu'ils soient tous là. C'était formidable de pouvoir faire leur connaissance, mon chéri.

— Oui, mais ce sera aussi agréable de retrouver notre

quotidien, dis-je en fermant les yeux, la bouche contre ses cheveux. J'adore le petit univers qu'on s'est construit.

— Moi aussi, répond-elle doucement en s'accrochant à mon tee-shirt avec ses doigts.

— J'ai commandé du champagne, annonce Daphne. Mon frère va se marier !

— Tu as vraiment beaucoup de chance Angelo, dit Tilly à voix basse, collée à mon tee-shirt. D'avoir tous ces gens dans ta vie…

Je baisse les yeux vers elle et pose un doigt sous son menton pour l'inviter à me regarder.

— Ils font partie de ta vie aussi, Tilly. Ils sont ta famille, au même titre qu'ils sont de la mienne.

Elle sourit, mais il y a encore de la tristesse dans son regard.

— Je sais. J'aurais juste aimé avoir des cousins, des cousines et des frères et sœurs quand j'étais petite. Des gens avec qui j'aurais créé des liens ; on aurait eu nos blagues à nous et plus tard on se serait remémoré notre enfance ensemble. Je n'ai personne avec qui le faire. Je ne pourrai jamais le faire.

— Ma belle, dis-je dans un souffle en passant mes lèvres sur les siennes sans la quitter des yeux. On va se fabriquer des souvenirs et s'inventer des blagues à nous. Un de ces quatre, on sera vieux et on aura plein d'histoires à se remémorer de l'époque où on était jeunes.

— Oh mon Dieu, je ne me sens pas prête à vieillir.

— On a beaucoup de belles années devant nous avant d'en arriver là, ma douce. Mais tu n'es plus seule. Tu as trois sœurs, quatre frères et tout un lot de cousins et de cousines.

Son sourire s'illumine.

— C'est vrai, et j'ai le mari le plus merveilleux et attentionné du monde.

— Ça aussi, dis-je avec un petit sourire satisfait. Tu es devenue sacrément chanceuse.

— Au fait, qu'est-il advenu de l'affaire ? demande-t-elle soudain.

— L'affaire ?

Elle hoche la tête.

— Concernant l'homme que traquait Morgan…

— On a décidé de laisser tomber. C'était trop dangereux et aucun de nous ne voulait mettre sa vie en danger. On est trop vieux pour ce genre de conneries et puis j'ai une femme et des enfants qui comptent sur moi.

Les tensions qui l'envahissaient semblent s'évanouir tandis qu'elle s'affaisse contre moi.

— Dieu merci… J'étais si inquiète.

— Tilly, ne cache jamais tes émotions. Je veux que tu sois toujours heureuse et que tu n'aies pas à te soucier de quelque malheur potentiel.

Elle reste contre moi, la joue posée sur ma poitrine et me serre plus fort dans ses bras.

— Je ne peux pas te perdre. Te perdre me tuerait, Angelo. Et te perdre voudrait dire aussi perdre toute cette famille.

— Tu ne perdrais jamais toute cette famille. Une fois que tu en fais partie, c'est pour la vie. Ces gens ne te laisseraient pas partir sans se battre pour tenter de te retenir. Mais je ne suis pas prêt de disparaître, Til. Je te promets de ne pas faire l'idiot et de toujours penser à toi d'abord.

Je me demande si Tilly pourra un jour cesser d'avoir

peur qu'il m'arrive quelque chose. Mais je la comprends. Depuis que j'ai perdu Marissa, je me demande ce qu'il va bien pouvoir arriver, mais ce n'est pas moi qui décide du destin. Seul le temps dira ce que nous réserve l'avenir et j'aurai beau essayer de toutes mes forces, je ne pourrai jamais contrôler la suite des événements.

CHAPITRE 19
TILLY

TOUT LE MONDE est à l'intérieur, mais j'avais besoin d'être seule un moment alors j'ai préféré m'asseoir sur le perron pour écouter le murmure lointain de la ville. Mes oreilles bourdonnent de toutes les conversations simultanées qui fusent dans la maison.

— Ça t'embête si je viens avec toi ? me demande Suzy dans l'encadrement de la porte d'entrée en tenant deux verres de vin. Tu peux vraiment me le dire si tu veux rester seule.

— Viens-là, dis-je en tapotant la place à côté de moi sur la balancelle. Assieds-toi, je t'en prie.

Elle avance doucement pour que la porte à moustiquaire se referme sans bruit dans son dos, même si ce n'est pas comme si quiconque pouvait l'entendre claquer depuis l'intérieur. Je suis persuadée qu'ils ne peuvent même pas se comprendre entre eux en parlant aussi fort et tous en même temps.

Elle me tend un verre avant de s'asseoir à mes côtés.

— Tu avais besoin d'être un peu à l'écart ? me

221

demande-t-elle en se tournant vers moi, une jambe repliée sous ses fesses.

— Pas vraiment. J'avais juste besoin d'un moment pour prendre en considération tout ce qui a changé dans ma vie.

— Eh bien, dit-elle avant de boire une petite gorgée et de reposer son verre sur un de ses genoux, je me souviens à quel point j'étais submergée quand j'ai rencontré Joe et toute sa famille qui allait avec. Personne n'était marié à l'époque, alors le groupe était plus petit, mais ça faisait quand même beaucoup de monde à prendre en compte.

— Pendant si longtemps, je n'ai eu que Mitchell et Roger. Nous n'étions que trois. Puis, plus que deux. Je n'ai jamais connu de famille nombreuse. Même quand mes parents étaient en vie, nous n'étions que trois sans personne d'autre autour de nous.

Suzy me prend la main.

— C'était pareil pour moi. Je veux dire… Mes parents sont en vie, mais nous ne sommes pas proches. Et j'ai une sœur, mais c'est une salope. Même s'ils *existent*, c'est comme s'ils n'existaient pas. Quand j'ai rencontré les Gallo, ça m'a fait un choc de voir à quel point ils étaient proches les uns des autres et attentionnés. J'ai mis un certain temps avant de me sentir l'une des leurs, à ma place avec eux.

— C'est vrai ?

Je suis contente d'apprendre que je ne suis pas complètement tordue.

— On est tous si proches… C'est difficile de ne pas se sentir à l'écart, mais c'est encore plus dur de rester à l'écart. Ils t'incluent dans le groupe et, crois-moi, ils ne t'abandonnent jamais, dit-elle en me tapotant doucement la main avant de passer son bras derrière le dossier de la balancelle. Il n'y a pas mieux sur Terre que ces Gallo…

— C'est vrai. J'ai vraiment de la chance, c'est fou !

Suzy sourit.

— Sur le papier, Joe et moi n'étions pas assortis. Mon Dieu, au début, je ne voulais vraiment pas le fréquenter, mais il ne lâchait pas l'affaire.

— Tu ne voulais pas ?

Bon sang, je me souviens de la première fois où j'ai vu Angelo. J'ai eu envie de lui tout de suite, mais j'ai cru qu'il était marié et intouchable. Je n'étais même pas sûre de parvenir à ouvrir mon cœur à nouveau, mais le grand manitou a su comment l'insinuer dans mon esprit.

Suzy secoue la tête en riant.

— On a couché ensemble dès notre première rencontre, mais je pensais qu'on ne se reverrait jamais.

— Pourquoi ?

— Pourquoi ai-je couché avec lui ou pourquoi est-ce que je ne pensais pas qu'on se reverrait ?

— Je comprends bien pourquoi tu as couché avec lui, dis-je en riant doucement. Mais pourquoi pensais-tu ne jamais le revoir ?

— J'étais assez naïve et bien trop innocente pour le motard teigneux qu'était City.

— City ?

— C'était le nom que lui avaient donné ses potes bikers parce qu'il avait grandi dans la grande ville. La nuit où je l'ai rencontré, ma voiture était tombée en panne sur une petite route sombre en pleine campagne et il s'est garé pour m'aider. Comme il n'a pas réussi à la faire redémarrer, il m'a proposé de me conduire jusqu'au bar pour appeler une dépanneuse.

— Et vous avez fini...

— Ouais... dit-elle en regardant dans le vague avec un sourire diabolique sur les lèvres. Je ne m'attendais pas à coucher avec lui. Bon Dieu, il m'avait même fait un peu peur.

Elle boit une autre gorgée de vin et je l'observe, essayant de l'imaginer plus jeune et naïve.

— Je ne buvais pas, ne disais pas de gros mots... J'étais comme une nonne sans la robe. Mais je me suis retrouvée là, dans ce bar de bikers taillés comme des armoires à glace, entourée d'hommes rustres au langage cru, puis à l'arrière de sa moto... Cette nuit-là, j'ai décidé de me laisser vivre pour une fois. Je n'avais jamais eu de coup d'un soir avant lui et je croyais qu'après avoir couché ensemble, on en resterait là.

— Pourquoi ?

— Je pensais que c'était un coureur de jupons et que cette nuit n'avait pas d'importance pour lui. Je veux dire, regarde-le... Il est beau comme un Dieu et les femmes le bouffent des yeux encore aujourd'hui. Je vois bien comment elles regardent mon mari, même les jeunes filles ! Ça me donne envie de mettre mon poing dans leur jolis petits visages ou dans leur poitrine parfaite.

J'éclate de rire.

— J'ai du mal à t'imaginer faire ça... Alors, était-il un coureur de jupons ?

— Il n'avait eu qu'une seule et unique relation avant moi qui avait duré longtemps. Ils étaient fiancés, mais elle est morte tragiquement avant qu'ils se marient.

J'ai mal pour lui. Je connais trop bien la profonde tristesse qu'engendre la perte de la personne qu'on aime de tout son cœur.

— J'imagine facilement pourquoi il n'avait pas envie de s'engager pendant un certain temps, après ça. Quand j'ai perdu Mitchell, je croyais ne jamais plus pouvoir aimer. Je m'imaginais finir vieille fille entourée de chats et regardant des émissions de téléréalité jusqu'à la fin de mes jours.

Suzy glousse de rire.

— Je pense que City aimait les défis. J'ai peut-être été une fille facile le premier soir… Ne répète jamais ça ! dit-elle en me menaçant du doigt. Mais ensuite, j'ai essayé de mettre de la distance entre nous alors que les autres femmes se jetaient à ses pieds.

— Angelo et moi, nous nous sommes d'abord fréquentés en tant qu'amis. Mais on était beaucoup dans la séduction. Je pense qu'on était alors encore tellement obnubilés par notre chagrin qu'on n'arrivait pas à aller de l'avant. Mais c'est ce qui nous a rapprochés. À moins d'avoir soi-même connu l'amour et perdu l'être aimé, il est difficile de comprendre ce que l'autre ressent.

— Je ne peux même pas imaginer perdre Joe, dit-elle à mi-voix en baissant les yeux sur son verre de vin. Tout mon univers s'écroulerait.

— C'est ce qu'il se passe et ça dure longtemps mais, d'une manière ou d'une autre, on continue à respirer.

— Cet homme avait beau être bagarreur et prétentieux comme pas permis, il m'a traitée comme une reine dès notre première rencontre. Il se fichait que je n'aime pas faire la fête et que je ne sois pas son genre de filles habituel. Va savoir pourquoi, ça a collé entre nous. Mon Dieu, il m'a même sauvé la vie. Comment une femme peut-elle quitter un homme qui lui a sauvé la vie ?

Je pousse un léger cri.

— Il t'a sauvé la vie ?

Elle acquiesce.

— Un connard m'a attaquée sur le parking du bar des motards. J'ai bien cru que Joe allait le tuer. Après ça, j'ai su qu'il me protégerait toujours. Personne n'avait jamais fait le dixième de ce qu'il venait de faire pour moi. Je n'avais jamais pu compter que sur moi-même. Même mes propres parents semblaient se foutre de ce qu'il pouvait m'arriver.

— Les Gallo sont très protecteurs, dis-je en pensant à Angelo.

Cet homme se ferait tirer dessus pour me protéger sans une seconde d'hésitation.

— Ils le sont. Et me voilà aujourd'hui avec trois enfants, un merveilleux mari et une famille si nombreuse qu'elle est à elle-même un petit peuple... Je n'avais rien prévu de tout ça. C'est drôle, ce que nous réserve la vie parfois.

Je reste assise près d'elle en silence, buvant mon vin à petites gorgées et laissant ses paroles faire leur chemin en moi.

— Ce que tu ressens est normal, dit-elle comme si elle lisait dans mes pensées. Je voulais juste te dire ça.

— Merci de m'avoir confié tout ça. J'ai adoré t'entendre raconter comment Joe et toi vous êtes rencontrés, comment vous êtes tombés amoureux.

— L'histoire d'Izzy est encore mieux...

Elle regarde vers la fenêtre avec un sourire en coin.

— James était le meilleur ami de Thomas.

J'ouvre de grands yeux.

— Et Thomas n'y a pas vu d'inconvénient ?

Suzy secoue la tête et étire les lèvres en un sourire grivois.

— Oh que si ! Tout a commencé à mon mariage…

— Attends, je crois qu'on va avoir besoin de plus de vin, lui dis-je avant de sauter sur mes jambes. Ne bouge pas.

Il y a un tel grabuge à l'intérieur que personne ne semble faire attention à moi quand je me précipite dans la salle à manger, attrape une bouteille et ressors aussitôt.

Suzy est toujours assise sur la balancelle et passe ses doigts dans ses longs cheveux blonds. Elle me tend son verre et raconte :

— Donc, comme Thomas travaillait pour une mission tellement secrète qu'il ne pouvait pas venir à notre mariage, il a envoyé James à sa place.

— D'accord, dis-je en remplissant son verre. Et ?

— J'ai tout de suite vu l'étincelle entre eux. Izzy, fidèle à elle-même, la jouait comme s'il ne lui plaisait pas du tout. Elle peut être dure parfois, même envers une personne aussi coriace que James.

Je remplis mon verre avant de m'asseoir puis me tourne vers Suzy, prête à entendre l'histoire se corser.

— Continue…

— Elle s'est copieusement bourrée la gueule et a fini dans la chambre d'hôtel de James à se dévergonder toute la nuit avant de s'en aller sans même dire au revoir. Elle l'a planté comme une vieille chaussette.

— Comment se sont-ils retrouvés ?

— Izzy est allée à la Semaine de la moto et elle a dépassé les bornes. Thomas était là, toujours dans sa mission clandestine mais d'une façon ou d'une autre, il a envoyé un message à James et a fait arrêter Izzy pour détention de drogue.

J'en reste bouche bée. Elle poursuit :

— Une fois qu'elle a été bouclée, James s'est rendu au poste et a décidé de la ramener à la maison.

— C'est tout ce qu'il lui en a coûté ?

Suzy éclate de rire en se frappant la cuisse.

— Oh que non. James n'a pas été tendre avec elle. Il l'a menottée au lit toute la nuit et pendant la plus grande partie du trajet jusqu'à la maison.

— Il n'a pas fait ça… dis-je les yeux écarquillés.

— Izzy l'a eu mauvaise.

Je mords mes lèvres pour ne pas rire parce que quelques personnes regardent par la fenêtre et je ne voudrais pas que notre petit tête-à-tête soit interrompu.

— Alors, que s'est-il passé ?

Suzy hausse les épaules.

— Il faut croire que James aimait les défis autant que Joe. Et pour une raison quelconque, cet homme a su mettre Izzy à genoux – et ce n'est pas qu'une métaphore, ajoute-t-elle en remuant les sourcils. Il est carrément irrésistible quand il est dominant et autoritaire. Je n'ai jamais vu personne dompter Izzy comme il le fait encore aujourd'hui.

— Je veux connaître toutes les histoires. Raconte-moi celles de Mike et Mia, d'Anthony et Max, de Thomas et Angel…

— Oulà, Angel et Thomas, c'est une autre histoire…
Et pas des moindres.

— Je veux tout savoir !

Suzy lève son verre et trinque avec moi.

— Je vais tout te raconter.

Une heure plus tard, la bouteille de vin est vide et on
glousse de rire comme des collégiennes qui vivent leur
première cuite. Les histoires que Suzy m'a racontées
m'ont fait crever de rire et le vin ne m'a pas aidé à garder
le contrôle de moi-même.

— Vous allez bien, les filles ? demande Angelo en
passant la tête dans l'embrasure de la porte. Ça fait un
moment que vous êtes dehors…

— On va parfaitement bien, lui répond Suzy. On
papote entre filles et on se raconte des histoires de famille.

Angelo me dévisage un moment et quand il comprend
que je pleure des larmes de rire, il affiche un grand sourire.

— Ok. Ne buvez pas trop. Vous avez besoin de
quelque chose ?

— D'intimité, lui répond Suzy avec naturel. Il y a
certaines choses qui ne sont pas faites pour les oreilles des
hommes.

— Tu en as assez dit, répond Angelo en levant une
main avant de s'éclipser.

— Je sais qu'il pense qu'on discute de nos règles ou de
ce genre de trucs. C'est ce que les hommes imaginent tout
de suite et ça leur fout la trouille. La seule idée de ce sujet
les fait disparaître en un claquement de doigt.

Je rigole de plus belle.

— Merci pour ce soir, Suzy. J'avais vraiment besoin
de rire un peu. Entendre toutes ces histoires m'a donné

229

l'impression de faire partie de quelque chose de plus grand.

Je le ressens au plus profond de moi. Il y a quelque chose de magique à faire partie d'une famille, à avoir une tribu à soi. Je ne me sens plus étrangère après avoir été mise au courant des histoires personnelles de chacun dans les détails les plus fous et les plus sexy. Je suis, à partir de maintenant et pour toujours, une Gallo.

CHAPITRE 20
ANGELO
ANGELO

— CE QUE C'ÉTAIT RAPIDE ! dit Vinnie en passant un bras autour de la taille de son épouse pour l'attirer contre lui. Arriver jusqu'ici nous a pris plus de temps que la cérémonie elle-même.

— La prochaine sera plus longue, lui répond Bianca en posant la tête sur son bras tandis qu'ils marchent vers la pizzeria. Mais peu importe. Je suis officiellement madame Vincent Gallo.

Elle lève une main devant ses yeux et admire la bague qui scintille dans la lumière du soleil couchant.

— Aujourd'hui tu as fait de moi l'homme le plus heureux du monde, lui dit-il.

Tilly lève les yeux vers moi et me sourit, sa main dans la mienne. Elle est complètement différente depuis la discussion qu'elle a eue avec Suzy hier soir. Je ne sais pas ce qu'elles se sont dit, mais quoi qu'il en soit, ça l'a transformée.

— Tu es prête ? demande Tilly avant que Bianca et Vinnie n'atteignent la porte d'entrée.

Bianca s'arrête et se retourne. Elle prend une profonde inspiration et répond :

— Espérons seulement que mon père ne pète pas les plombs. Il ne manquerait plus que quelqu'un se fasse arrêter…

— Tu penses que ça pourrait arriver ? demande Tilly, bouche bée.

Bianca hausse les épaules.

— Avec un peu de chance, mes parents seront contents. Mais mon père a mauvais caractère et je ne sais pas comment il prendra la nouvelle de ma grossesse.

Vinnie se tend.

— Peut-être qu'on ne devrait pas l'annoncer, dit-il. On peut attendre.

Je lui donne une claque dans le dos pour essayer de le ramener à la raison.

— Arrête tes conneries. On sera tous là. Il ne va rien se passer. Annonce tout simplement la nouvelle au vieil homme et donne-lui quelques minutes pour réaliser qu'il va être grand-père.

Tilly regarde l'heureux couple.

— Est-ce que tes parents savent qu'on est ici pour fêter votre mariage ?

— Non. Ça va être comme un enchaînement droite-gauche.

— Oh la la… murmure Tilly en se mordant la lèvre inférieure.

— Ouaip. Il se peut que ça dégénère, dit Vinnie en grimaçant un instant avant d'afficher un sourire tendu. Mais au moins il n'y aura plus de secret.

On pourra ajouter cette journée à la liste des conneries

que Vinnie aura faites dans sa vie. Ils auraient dû parler du bébé dès le début. Ma mère va sûrement péter les plombs en apprenant qu'ils se sont mariés à la va-vite à cause de la grossesse. Elle ne sera pas fâchée que le mariage ait eu lieu à la mairie plutôt qu'à l'église mais sera en colère de ne pas avoir été conviée à cet événement sacré.

— C'est ta dernière chance de t'enfuir, dis-je pour le taquiner quand il tend la main vers la poignée de la porte et Tilly me donne une claque sur la poitrine.

— Arrête. Laisse-les tranquilles. Ça va bien se passer.

Elle est mignonne de le penser sincèrement, mais j'ai rencontré beaucoup d'hommes comme monsieur Hernandez et je peux dire que ça ne va pas bien se passer. Il va devenir fou, peut-être au point de vouloir déclencher une guerre nucléaire, en apprenant que sa petite fille est en cloque et qu'ils se sont enfuis pour se marier à la mairie au lieu de s'unir devant Dieu dans une église.

Je me penche pour embrasser Tilly sur la joue.

— Je te rappellerai tes propos dans une demi-heure.

— C'est parti, ma belle, dit Vinnie à Bianca en la guidant à l'intérieur.

La moitié de la pizzeria est remplie par des membres de la famille. Tout le monde est là, y compris les parents de Bianca, sa grand-mère et ses frères qui détonnent un peu. Ils ont l'air de se demander pourquoi ils ont été conviés à dîner dans ce restaurant dans lequel ils n'auraient d'eux-mêmes probablement mis les pieds pour rien au monde.

On met au moins dix minutes à se dire bonjour, s'embrasser et se prendre dans les bras. C'est le hic avec les familles italiennes, les bonjours et les au revoir n'en finissent jamais.

— Pourquoi sommes-nous là, Bianca ? demande sa mère dès que tout le monde commence à regagner sa place.

Bianca se tourne vers Vinnie en tortillant ses mains devant elle et lui adresse un sourire nerveux.

— Dis-leur, toi, dit-elle doucement. Moi je ne peux pas.

— Qu'est-ce qui ne va pas ? Tu es blessée ? Malade ? demande la mère de Bianca en détaillant le corps de sa fille d'un regard inquiet.

— Non, maman. Je ne suis pas malade, répond précipitamment Bianca, mais ça n'apaise en rien la tension.

Tilly serre ma main et se penche vers moi.

— Ça va être quelque chose… dit-elle.

— Peut-être que ça va bien se passer, comme tu as dit.

Mais je n'en crois pas un mot.

— Alors qu'y a-t-il ? Que faisons-nous tous ici ?

Vinnie s'avance en tenant la main de Bianca et parcourt la salle des yeux.

— Bianca et moi avons quelque chose à vous annoncer.

La mère de Bianca se signe rapidement en touchant sa tête, son cœur puis ses épaules l'une après l'autre. Le père est tellement tendu qu'il me semble déjà prêt à exploser.

— Allez, crachez le morceau au lieu de nous faire mariner ! crie Mike alors qu'il est au courant de tout.

Seuls les parents sont dans l'ignorance.

Vinnie lève la main de Bianca pour exhiber la bague à son doigt.

— Bianca et moi nous sommes mariés aujourd'hui.

Tous ceux qui ne le savaient pas, à savoir mes parents et la famille de Bianca, poussent un cri en écarquillant les yeux. Les autres, mes cousins, mes frères et mes sœurs, se mettent à applaudir et à pousser des cris pour féliciter les jeunes mariés.

Le père de Bianca se lève d'un bond, les poings serrés.

— Vous avez fait quoi ?

— On s'est mariés à la mairie, papa.

Son père glisse un regard vers sa femme, mais elle est trop occupée à pleurer et je ne suis pas certain qu'il s'agisse de larmes de joie.

— Comment as-tu pu faire ça à ta mère ?

Tilly cherche mon regard. Je grimace. Les choses ne se passent pas aussi bien que Vinnie et Bianca l'avaient espéré et ils n'ont même pas encore lâché la plus grosse bombe.

— On ne pouvait pas attendre, dit Vinnie sans faire cas de la fureur du père de Bianca.

— On se mariera quand même à l'église, papa. On renouvellera nos vœux devant Dieu.

— L'homme aux yeux verts, dit la grand-mère de Bianca avec un grand sourire. Je le savais. Je l'ai toujours su.

— Comment avez-vous pu nous cacher ça ? Bong sang, vous ne nous avez même pas invités à la cérémonie ! dit son père bouillonnant de colère.

La grand-mère de Bianca tend le bras et attrape la main de son gendre.

— Calme-toi, mon fils. Elle porte un enfant. C'est un heureux événement.

À ces mots, le père de Bianca a un mouvement de recul.

— Mais non. C'est faux, dit-il avant de se tourner vers Bianca et Vinnie en plissant les yeux. C'est vrai ?

— Surprise ! s'exclame Bianca en agitant les mains en l'air comme pour égayer la situation.

— Est-ce le moment de se mettre tous aux abris ? me demande Tilly à l'oreille.

— Je ne sais pas, mon cœur. Ne bougeons pas, on va voir. Je pense que la vieille dame a les choses en mains.

— Comment as-tu pu ? demande le père de Bianca.

La grand-mère resserre son emprise sur son bras.

— Assieds-toi, lui dit-elle d'une voix toute troublée. Tu ne gâcheras pas ce jour de bonheur.

Le père demande en retroussant les lèvres :

— De bonheur ? Comment peux-tu parler de bonheur ? Il a mis ma petite fille en cloque et l'a épousée à la mairie parce qu'elle porte son enfant !

— C'est le destin. Je l'ai vu il y a des années en arrière, tout comme je t'avais vu dans le destin de ma fille.

— Tu vas avoir un bébé ? demande la mère de Bianca comme si elle se remettait seulement du choc.

— Oui, Mama. Je suis tellement désolée, lui dit Bianca en maintenant quand même une distance de sécurité entre elles.

Sa mère se lève en essuyant ses larmes et fait le tour de la table en direction de sa fille.

— Devrais-je me rapprocher de Bianca au cas où ça dégénère ? me demande Tilly.

Je secoue la tête. La mère de Bianca tend les bras et prend le visage de sa fille dans ses mains.

— Mon bébé va avoir un bébé ?

— Oui, répond Bianca les larmes aux yeux. Ne sois pas fâchée, Mama. On est tellement contents. Vraiment tellement contents.

— Je vais être grand-mère ? demande sa mère comme si elle n'en revenait toujours pas.

Bianca hoche la tête.

— Oui.

Un sourire apparaît sur le visage de sa mère.

— Ça me rend très heureuse, ma petite fille. Vraiment très heureuse.

— Tu approuves ? lui demande son mari.

La mère de Bianca se tourne vers lui un instant.

— Oui, grand-père, j'approuve. Ne gâche pas ce jour de fête pour notre fille. Ne souille pas sa grossesse comme ta mère l'a fait avec la mienne.

Ça suffit à le faire taire. Il se rassied et desserre ses poings mais sans quitter Vinnie des yeux.

— Tu ne m'en veux pas, Mama ? demande Bianca avant de déglutir en essayant de contenir un sourire.

— On ne peut jamais en vouloir à quelqu'un d'avoir un enfant. Tu as trouvé un homme bien, un mari aimant et vous me faites le plus beau cadeau qui soit.

J'expire enfin longuement et prends seulement conscience d'avoir été en apnée.

— Bon, ce n'était pas si terrible.

— Je te l'avais dit, répond Tilly en me donnant un petit coup de coude.

— Je vais être grand-mère une fois de plus ! dit ma mère qui était restée anormalement silencieuse jusqu'ici. C'est la plus belle semaine de ma vie.

La nouvelle de la grossesse, avec celle du mariage, déclenche une nouvelle vague de baisers et d'embrassades. À ce rythme-là, on ne mangera jamais.

Suzy se penche vers Tilly.

— Ce soir, tu me raconteras comment tous ces couples-là se sont faits. Je veux connaître tous les détails.

Tilly lui adresse un clin d'œil.

— T'inquiète, je te mettrai dans la confidence.

Je viens blottir mon visage dans le cou de ma femme et demande :

— Vous vous racontez des ragots ?

— Ce ne sont pas des ragots s'il s'agit de la vérité, répond Tilly avec un sourire en coin.

— Nous allons devoir organiser beaucoup de choses, dit la mère de Bianca en se rasseyant aux côtés de son mari qui est encore en état de choc : votre mariage devant Dieu, le baptême, la fête prénatale bien sûr…

— On a encore le temps, Mama.

Vinnie présente une chaise à sa femme avant de s'asseoir à côté d'elle. Les deux familles réunissent de nombreuses générations et constituent une tablée interminable. Les enfants sont à une autre table et forment à eux seuls une petite armée.

Être ici ce soir, assis dans cette pizzeria qu'on a connue enfants, ça a du sens. Ça faisait si longtemps que je ne m'étais plus senti aussi en paix que la sensation est presque incongrue. Je retrouve le calme au milieu du chaos dans lequel j'ai grandi et pour la première fois depuis longtemps, tout semble possible.

CHAPITRE 21
TILLY

BETTY EST DEBOUT dans la cuisine, une cuillère à la main, essayant de reproduire une recette de sa belle-sœur.

— Ce n'est pas possible, mon Dieu, elle a dû oublier quelque chose, dit-elle en goûtant un peu de sauce à la cuillère. C'est trop amer, ajoute-t-elle en grimaçant.

— Essaie d'ajouter un peu de sucre. Ça aidera à casser l'acidité.

Betty sourit. Angelo passe ses bras autour de ma taille et enfouit son visage dans mon cou.

— Tu n'en as pas marre ? me demande-t-il en chuchotant.

Je tourne la tête pour regarder ses beaux yeux.

— De ta mère ? Jamais.

Elle a beau être parfois difficile à vivre, elle est comme elle est et maintenant, elle est aussi ma mère. Je n'avais plus eu l'occasion d'appeler quelqu'un maman depuis si longtemps que je me fiche pas mal qu'elle dépasse parfois les bornes ou soit un peu tarée. Elle reste ma mère.

— Je vous entends, dit Betty.

Quand je lève les yeux, je la vois sourire.

— Retourne au salon avec les hommes, dit Betty à son fils en remuant la cuillère devant elle. Et envoie-nous tes sœurs, je suis sûre qu'elles en ont marre de toute cette testostérone à l'heure qu'il est.

— D'accord, Ma. J'y vais, murmure-t-il les lèvres contre ma peau avant de s'éloigner.

— Comment ça se passe à la boutique, sachant que tu as été occupée toute la semaine ? demande Betty en attrapant un petit pot de sucre pour en saupoudrer dans la casserole.

— Mets-en un peu plus, lui dis-je. Tout se passe bien. J'ai une bonne équipe qui s'en occupe et j'ai engagé une fabuleuse pâtissière pour ne plus rester enchaînée à la cuisine.

— Tu es maline, me dit-elle en me faisant un clin d'œil. On n'a pas le temps de s'ennuyer dans la vie. Avec deux enfants, un mari et une entreprise, le temps passe en un éclair. Fais en sorte de t'aménager du temps et profite de chaque minute que tu peux. Un jour arrivera où tu seras vieille et regarderas en arrière en rêvant de pouvoir tout revivre à nouveau.

Je m'approche d'elle et saisis une cuillère propre que je plonge dans la sauce en la regardant.

— Je sais combien le temps est précieux, Ma. Je promets d'apprécier chaque instant à sa juste valeur.

Elle tend le bras et pose sa main sur ma joue.

— Bien parlé, ma fille.

Je souris. J'ai l'impression d'être sa fille. Elle est la seule mère que j'ai et je ne l'échangerais contre rien au monde. Je porte la cuillère à ma bouche et mes lèvres se rétractent.

— Plus de sucre, dis-je à mi-voix en essayant de déglutir malgré le goût de tomate trop prononcé qui reste sur ma langue.

— On est là, dit Daphne en nous rejoignant avec Delilah et Bianca. Qu'est-ce qu'il y a ?

— Asseyez-vous, leur dit Betty en versant plus de sucre dans la casserole. Il y a juste que j'ai envie de compagnie et de bavardages entre filles. Ça a été la folie cette semaine et je n'ai même pas eu le temps de prendre de vos nouvelles.

— Attrape une autre bouteille de rouge, dit Daphne à Delilah avant de sortir trois verres à vin du placard. Et une bouteille d'eau pour Bianca.

— Je peux boire quelques gorgées, dit Bianca en s'asseyant sur le tabouret de l'autre côté de l'îlot. Mon médecin a dit que je pouvais sans en abuser.

— J'ai bu quand j'étais enceinte, répond Betty.

— Ça explique tout, commente Daphne en rigolant.

— Oh arrête ! Tous mes enfants sont heureux et en parfaite santé. Qu'est-ce qu'une mère pourrait demander de plus ?

Betty vide quelques boîtes de pâtes dans l'eau bouillante et nous regarde par-dessus l'îlot.

— J'ai tout ce dont je rêvais.

— Y a-t-il quelque chose que tu voudrais changer si tu le pouvais ? lui demande Delilah.

— J'aurais plus d'enfants.

— Oh mon Dieu, marmonne Daphne. La vie était déjà bien assez compliquée avec nous quatre. Je ne peux pas imaginer ce que ça aurait été si on avait été plus nombreux.

— Tu aurais préféré être fille unique ? lui rétorque Betty.

— C'est nul, crois-moi, lui dis-je.

Daphne hausse les épaules.

— J'imagine, mais avoir trois frères m'a tapé sur les nerfs des fois.

— Je n'ai jamais voulu que mes enfants vivent ce que j'avais vécu, dit Betty en s'adossant au plan de travail les bras croisés et la tête inclinée.

— Ma… chuchote Daphne en mettant une main sur sa bouche.

Betty secoue la tête.

— J'ai eu un frère.

La pièce est plongée dans le silence. On entend juste le murmure des voix venant du salon. Je ne quitte pas Betty des yeux et je lis la douleur sur son visage.

Daphne se lève et contourne l'îlot.

— Ma, pas besoin d'en parler.

Betty avance vers sa fille et lui prend les mains.

— C'est important que vous entendiez ça, dit-elle avant de se tourner vers nous sans lâcher les mains de Daphne. Que vous l'entendiez toutes.

Je me tiens prête parce que je m'attends à être touchée par ce qu'elle va dire. Ça risque de me bouleverser comme je ne m'attendais pas à l'être lors d'un simple repas de famille.

— C'était important pour moi d'avoir beaucoup d'enfants. J'ai grandi avec un frère, Davin. Il avait quelques années de plus que moi mais nous étions quand même très

246

proches. Pas une seule fois je n'avais envisagé la vie sans lui. Je croyais qu'il serait toujours là, vous voyez, dit-elle en essuyant le coin de ses yeux avec le dos de son doigt. Il avait le plus beau des sourires et charmait toutes les filles. Il avait une de ces personnalités qui attirent les gens comme des aimants.

Elle sourit mais ses yeux sont remplis de chagrin.

— Quand j'avais seize ans, il est sorti avec ses amis tard dans la nuit. Il le faisait souvent, mais je me souviens de m'être réveillée cette nuit-là en entendant les cris de ma mère au rez-de-chaussée, des cris que je n'oublierai jamais.

Je suis figée sur ma chaise, incapable de bouger, et regarde Betty. Je peux ressentir sa douleur.

— À cet instant, je suis passée d'une fratrie de deux au statut de fille unique.

Sa tristesse me donne les larmes aux yeux. Je la sens en profondeur, dans mon cœur et dans mon ventre.

— Ma, tu as toujours un frère, lui dit Daphne.

— Il a existé mais il n'est plus là, répond Betty en serrant les mains de Daphne dans les siennes. Ma vie n'a plus jamais été pareille après ça. Je me sentais perdue, comme si la personne que j'étais avait été transformée en une seconde. La seule personne à connaître mes secrets et nos blagues privées avait disparu. Avant ça, je n'avais jamais passé une seule journée sans l'avoir à mes côtés. Je ne connaissais pas la vie sans lui.

J'essuie mes larmes et me mords la lèvre pour me retenir de sangloter. Delilah et Bianca sont dans le même état que moi. Aucune d'entre nous n'avait entendu Betty parler de son frère, de ce qui lui était arrivé ni de comment ça l'avait affectée. Elle parle rarement de sa famille et je comprends pourquoi. Ses parents et son unique frère sont morts. La douleur qu'elle doit ressentir, même des décennies plus tard, est si profonde qu'elle ne peut pas en parler facilement.

— Quand j'ai eu Angelo, quand j'ai regardé son adorable petit visage, j'ai su que je voulais faire en sorte qu'il ne puisse jamais ressentir la même douleur que moi. J'ai voulu avoir plein d'enfants pour qu'il ne connaisse jamais ce que c'est de faire partie de quelque chose de formidable et puis de ne plus rien avoir du tout.

Daphne prend sa mère dans ses bras et enfouit son visage dans son cou.

— Je suis tellement désolée, Ma.

— J'aurais eu dix enfants si mon corps en avait été capable et si votre père avait été fichu de ne pas finir en taule tous les quatre matins. Je veux que jamais tu ne connaisses cette douleur.

— Je ne la connaîtrai pas, lui répond Daphne en lui frottant doucement le dos.

— Je le sais, ma puce. J'ai fait ce qu'il fallait pour. Et maintenant tu as des sœurs, dit Betty en s'écartant des bras de sa fille. Tu as une grande famille remplie d'amour et des enfants à toi. Vous êtes toutes là les unes pour les autres et c'est tout ce qui compte. Il n'y a rien de plus précieux que la famille. Je veux que vous le compreniez toutes. Il n'y a rien de plus précieux que ces gens dont vous vous entourez, que ce soit par les liens du sang ou ceux du mariage. Je veux que tout se passe toujours bien entre vous, les filles, et avec mes garçons.

Je comprends parfaitement de quoi elle parle. La

douleur cinglante que j'ai ressentie quand Mitchell est mort était insoutenable et la seule personne qui m'ait soutenue dans ces moments difficiles fut Roger. Il a été ma seule famille jusqu'à ce que je rencontre Angelo. Je ne sais pas si j'aurais survécu sans lui.

— Plus vous serez entourées de gens qui vous aiment, mieux ça sera. Souvenez-vous en, dit Betty en tamponnant ses yeux du bout des doigts.

— On le sait, répond Daphne.

— Je ne peux même pas imaginer combien la perte de ton frère a dû te briser le cœur, Betty, dis-je.

— Ma, me reprend-elle.

Je hoche la tête.

— Ma. Mais je promets que rien n'est plus important pour moi que ma famille. Vous, les filles…

Je me tais un instant pour tenter de me reprendre et d'empêcher mes lèvres de trembler, mais je n'y arrive pas et poursuis :

— Vous m'avez donné quelque chose que je n'avais jamais eu. Même quand j'avais une vie différente, je n'avais pas ça, dis-je en désignant de la main les quatre femmes devant moi. Je n'avais jamais eu de famille qui veillait sur moi tout le temps. Et pas juste une petite famille, mais une énorme, tellement pleine d'amour et de joie que je me demande tous les jours ce que j'ai fait pour mériter ça.

Betty sourit et tend le bras au-dessus de l'îlot pour me tapoter la main.

— C'est nous qui avons de la chance, mon cœur. Tu as ramené mon bébé à la vie à un stade où je n'étais plus sûre qu'il puisse redevenir un jour celui qu'il était avant.

Je veux protester parce que je ne sais pas comment était Angelo avant, mais je sais comment était la Tilly d'avant. Et même si je suis bien vivante, en bonne santé et on ne peut plus amoureuse, je sais que je ne suis plus la femme que j'étais. La blessure s'est peut-être refermée, mais j'aurai toujours une cicatrice qui me rappellera ce que j'ai traversé et la peine que j'ai endurée.

— On sera toujours unies, dit Delilah. Je n'ai jamais été aussi aimée. Je ne sais pas ce que je serais devenue sans cette famille, ajoute-t-elle en soupirant de soulagement. Et je suis heureuse de ne jamais avoir à le découvrir.

Daphne sourit.

— Vive la solidarité féminine.

Bianca acquiesce.

— J'ai toujours rêvé d'avoir une sœur et vous ne pouvez pas savoir à quel point je suis heureuse d'avoir enfin des filles autour de moi, dit-elle avant de poser la main sur son ventre. Mon bébé va avoir des tantes qui déchirent et une mamie incroyablement forte.

— Ni mes enfants ni mes petits-enfants ne sauront jamais ce que c'est d'être seul et je me sens pleine de gratitude pour ça. J'ai peut-être encaissé la douleur, mais si ça m'a permis de l'éviter à mes enfants, alors ça me va.

— C'est le cas, Ma, dit Daphne en enroulant ses bras autour de sa taille. On ne sera jamais seuls, et toi non plus.

J'entends des pas lourds derrière nous. Quand je me retourne je vois les hommes, nos hommes, debout dans l'entrée de la cuisine. Ils nous observent en parcourant la pièce du regard et remarquent nos yeux mouillés.

— Vous voulez qu'on vous laisse ? demande Angelo.

Il ne me le demande pas à moi, mais à sa mère.

— Non, mon chéri. Mais, les garçons... Vous pouvez mettre la table ? Le repas est bientôt prêt.

Angelo acquiesce et traverse la pièce vers moi.

— Ça va ? me demande-t-il à voix basse en se penchant pour m'embrasser.

— Très bien, chéri.

Je me colle à lui et me laisse fondre dans son baiser. Il est doux et bref, tendre et chaud. Quand Angelo s'écarte, il scrute mon regard.

— Tu es sûre que ça va ?

Je hoche la tête en souriant.

— Je ne pourrais pas aller mieux.

— Je t'aime, murmure-t-il.

— Je t'aime aussi.

Et c'est bien vrai : je ne pourrais pas aller mieux. J'ai tout ce dont j'ai toujours rêvé : un mari formidable, des enfants adorables, des parents, des frères, des sœurs et par-dessus tout, de l'amour. Je ne connaîtrai plus jamais la douleur d'être seule que j'ai subie quand mes parents sont morts. Je sais ce que c'est qu'être triste, mais en cet instant je sais que je ne serai plus jamais seule. Je fais maintenant partie de quelque chose de plus grand, d'une famille qui m'a accueillie comme si j'avais été l'une des leurs depuis toujours et pour cela, je leur vouerai une éternelle reconnaissance.

— Non, mais chéri, dit-il. Je ne pense pas pouvoir
mettre à table... le repas est déjà au four...

— Enfin, bon, ça ne change rien à rien, dit-il.
Ça va. Je m'en fiche... je suis je ne sais...
pour les points communs...

— Je... bien, chéri...

Je me colle à lui et je le laisse tomber dans ma nuque
et caresse... Mes reins et chaud, et ce qui coule, je l'ai
bien... trop d'air...

— Il est sûr que ça va ?

— Je sèche la voix si soudaine...

— Je ne pourrai pas te rattraper...

— Regarde... laisse-moi...

— Je frôle... mes...

Il se détacha vite, il me laissa posé sur le lit... Il se
tut et se... Non, j'ai trop peur, tout à fait fou... faut-il
écrire à un bébé de parents, des parents, des à cinq ans par
dessus tout... de l'amour... Je ne comprends pas grand-
chose et c'est à dire que j'ai mille grand-mères... pleins tout
hors de son cœur c'est d'autre une vie... mais c'est... que moi.
Je serre... il me serre plus fort... Je sais, je la somme d'une
partie de l'autre... c'est de plus grand, d'une famille qui
m'a recueillie comme si j'avais été l'une de... fils, de nos
temps... et pour ce là, je leur voudrai une éternelle reconnaissance.

CHAPITRE 22
TILLY
UN AN PLUS TARD

SUZY EST la première à apparaître juste après le poste des douanes à l'aéroport de Tampa. Elle a les bras grands ouverts.

— Fais-moi voir cette bouille !

Je sais bien qu'elle ne parle pas de moi mais, pour rigoler, je me tourne vers elle et lui réponds :

— J'ai de plus grosses joues depuis la dernière fois que tu m'as vue.

Elle remue la main devant moi en pouffant de rire et tend les bras vers le bébé aux grands yeux qui est dans mes bras.

— J'ai un faible pour les bébés potelés.

Je tends mon fils à Suzy et je suis soulagée de reposer un peu mes bras.

— Eh bien, avec Mason, tu vas être servie !

— Oh, mais c'est qu'il pèse son poids… dit Suzy en le prenant tendrement dans ses bras.

Elle passe son nez sur sa tête pour respirer un peu de cette odeur de bébé dont je suis moi-même devenue accro.

— Maman ? appelle Brax à mes côtés avant de tirer mon tee-shirt d'un coup sec parce que je ne réagis pas assez vite.

— Oui mon chéri ?

— Porte-moi, dit-il en levant les bras en l'air et en se trémoussant pour me faire craquer. S'il te plaît !

Je le soulève. Il est presque trop lourd pour être porté, surtout par moi, mais l'arrivée du bébé leur a demandé de gros efforts d'adaptation à Tate et à lui. Ils l'ont pourtant accepté sans sourciller et s'attachent un peu plus chaque jour à ce petit garçon qui les réveille sans arrêt en plein milieu de la nuit.

— Bien sûr chéri, dis-je en l'embrassant sur la joue.

Tate est dans les bras d'Angelo, ce qui est devenu sa place habituelle depuis que Mason est né. Quand elle n'y est pas, elle fait comme si elle était la maman du bébé, ce qui est adorable. Elle a été d'une grande aide ces deux derniers mois.

Je prends un instant pour regarder autour de moi tout en calant Brax sur ma hanche, prête à faire le long trajet qui nous sépare de la zone de retrait des bagages. Toute la famille Gallo est là, réunie au milieu du terminal principal. Ils tiennent des pancartes, des fleurs et des ballons pour nous souhaiter la bienvenue en Floride.

Avant de repartir de Chicago, ils nous ont fait promettre de venir à Tampa pour assister à la remise du diplôme de Gigi et passer un peu de temps dans leur univers comme ils l'ont fait dans le nôtre.

Ces vacances tombent à pic après un hiver long et sombre à Chicago. L'air épais et humide du sud et les jours ensoleillés m'ont manqué.

— Donne-la moi, dit Izzy à Bianca en lui prenant Amelia des bras sans la moindre hésitation. Mon Dieu, ça me fait presque regretter de ne plus jamais avoir de petit bout de chou comme ça.

James attire sa femme contre lui et regarde la petite aux yeux de biche dans les bras d'Izzy.

— On peut essayer d'en faire un autre. Peut-être qu'on aurait une fille cette fois-ci.

Izzy relève le visage vers son mari et plisse les yeux.

— Ne te fais pas d'idée. Il y a longtemps que je suis sortie du pouponnage et je ne vais pas m'y remettre. En plus, on sait très bien que je suis contrainte à n'avoir que des garçons. Heureusement, j'ai des nièces à gâter.

— C'est encore mieux quand ce sont les enfants des autres, répond James en riant.

Puis, il embrasse Izzy sur la joue et se penche au-dessus de la beauté brune dans les bras de sa femme.

— Elle est sublime.

La légèreté de Vinnie et de Bianca est de l'histoire ancienne. Les mois de parentalité et de nuits blanches ont laissé des séquelles au jeune couple.

— Tu peux la garder quelques nuits, propose Vinnie à Izzy. Je ne serais pas contre un peu de repos et d'intimité avec ma femme.

Izzy se tourne vers James. Il hoche la tête.

— C'est d'accord, dit-elle. Juste quelques nuits pour que vous puissiez dormir, les jeunes.

— Oh, Dieu merci ! Je suis crevé du voyage et je ne suis pas sûr de pouvoir encaisser une autre nuit blanche, répond Vinnie en passant ses doigts dans ses cheveux déjà en pétard.

J'ai de la chance d'avoir Angelo à mes côtés. Alors que je suis mère pour la première fois et m'inquiète de tout et de n'importe quoi, lui reste calme, décontracté et serein avec son troisième enfant. La famille a entouré Vinnie et Bianca pour les aider le plus possible, mais je vois bien l'usure et la trace des larmes sur leurs visages.

Tout le monde s'embrasse et se prend dans les bras. Je me suis habituée à cette façon de se dire bonjour chez les Gallo. Je ne m'attendais pas à moins que ça.

— Allons chercher les bagages et sortons d'ici, dit oncle Sal en nous rassemblant vers les escalators.

Lucio et Delilah marchent devant moi. Lulu est dans les bras de Lucio et lui tripote les joues. Zoe quant à elle est profondément endormie dans les bras de sa mère, la tête posée sur son épaule.

Leo porte Nino qui serre son ours en peluche contre lui et Daphne marche à leurs côtés. Je descends les escalators vers la zone de retrait des bagages en tenant la main d'Angelo. C'est bondé et je suis bien contente que toute la famille soit venue nous aider avec les enfants, la montagne de valises, les sièges auto et les poussettes qu'on a ramenés de Chicago.

Une demi-heure plus tard, nous avons quitté l'aéroport et sommes empilés dans leurs SUV.

— Merci du fond du cœur d'être venu nous chercher, dis-je à Suzy pendant qu'on roule vers l'autoroute qui mène à la ville où ils habitent.

— On n'aurait raté votre arrivée pour rien au monde, répond-elle en se tournant sur son siège pour me faire face. Ça fait trop longtemps qu'on ne s'est pas vues.

— Vous êtes sûrs de ne pas vouloir venir chez nous ?

demande Joe en jetant un coup d'œil dans le rétroviseur tout en suivant la file de voitures qui nous précède.

— Oui, vous avez assez de choses à gérer comme ça et ce n'est pas simple avec les petits. On sera très bien à l'hôtel. Heureusement, ils avaient des suites, alors on ne sera pas serrés comme des sardines.

— Je pense qu'on pourra aller à la plage demain, dit Suzy en changeant de sujet.

L'idée d'enfiler un maillot de bain me fait grimacer, parce que je n'ai pas encore réussi à perdre tout le poids que j'ai pris pendant la grossesse.

— Je ne sais pas…

Je porte une main à mon ventre et mon geste ne lui échappe pas.

— Ah non, hein… Ton corps est d'enfer. Et laisse-moi te dire un petit secret : on n'est pas dans *Alerte à Malibu*.

— Quoi ? dis-je en pouffant de rire.

— Il n'y a pas que des corps minces, des gros seins et des mecs sexy, ici. On est en Floride. Tu as plus de chance de voir sur la plage un vieil homme en maillot Speedo avec une bedaine de buveur de bière qu'un jeune mec sexy.

— Oh, tu sais vendre le coin, Suzy !

Quand j'étais enfant, je me souviens d'aller en vacances avec mes parents dans la *panhandle*, le corridor de Floride. Ils adoraient la plage et ça n'était qu'à quelques heures de route de la maison. Nous allions chaque année dans le même hôtel et sur la même portion de sable pour regarder les vagues dans le golfe du Mexique.

— Tu verras. Nous avons de grands parasols pour que les enfants puissent jouer à l'ombre sans attraper de coup de soleil. Il y en a même un pour les adultes, surtout pour ceux qui n'ont pas vu le soleil depuis des mois.

— Je n'en peux plus de la neige et du froid. Ce voyage ne pouvait pas mieux tomber, dis-je en souriant et en prenant la main d'Angelo. On en avait besoin.

— Vous devriez venir vivre ici, déclare Joe comme si c'était si simple à faire.

— Ce n'est pas si facile, répond Angelo.

Mais je le vois bien au regard qu'il a : il en a marre des hivers gris et maussades dans le nord, autant que moi.

— Vous pourriez vendre le bar et en ouvrir un par ici, si vous voulez vous occuper. Je parie qu'après une semaine au soleil, aucun d'entre vous ne voudra repartir.

— Vous avez peut-être raison, dit Angelo en serrant ma main dans la sienne.

— Vos parents vieillissent et déménager est encore facile tant que les enfants sont petits.

Folle d'excitation, Suzy ne tient pas en place sur son siège.

— Oh mon Dieu, ça serait carrément trop bien ! Songez aux repas du dimanche et aux vacances… Je ne peux rien imaginer de mieux que ça.

Angelo et moi avons déjà parlé de déménager dans le sud pour offrir à nos enfants une meilleure qualité de vie, loin de la grosse ville. J'aimerais beaucoup qu'ils aient ce que je n'ai jamais eu : une immense famille pour les gâter et les couvrir d'amour.

Je regarde par la fenêtre la pelouse verte à perte de vue et les palmiers qui se balancent dans la brise défiler à notre passage. Il n'est pas question ici de grands immeubles et de ciment qui bouchent l'horizon comme à Chicago.

— C'est vraiment beau, ici, dis-je tandis qu'on s'éloigne de l'aéroport pour s'enfoncer dans la campagne.

— La vie est plus douce ici, dit Joe. Le stress quotidien de Chicago ne me manque pas.

— Moi c'est le sud qui me manque, dis-je doucement, incapable de détacher les yeux du paysage.

Joe et Angelo discutent presque sans discontinuer pendant tout le trajet. Je regarde par la fenêtre en essayant d'imaginer à quoi ressemblerait la vie ici, au milieu de tous les Gallo. Ce serait le top du top et l'idéal pour nos enfants.

Une heure plus tard, nous avons déposé nos valises à l'hôtel et nous roulons dans l'allée qui mène chez Joe et Suzy. Quand j'aperçois la maison de maître nichée dans les bois, j'en reste bouche bée.

— Vous vivez là ? dis-je à voix basse, incrédule, tandis que je regarde béatement la belle demeure le visage entre les deux sièges avant.

— Oui, la vie ici est tellement moins chère qu'à Chicago. Vous pourriez sûrement acheter une maison comme celle-ci avec ce que vaut la vôtre à Chicago.

Des arbres luxuriants et de la pelouse entourent la grande bâtisse qui semble sortir du sommet d'une colline.

— Tu t'es bien débrouillé, cousin, dit Angelo.

Je me tourne pour le regarder et peux lire la stupeur mêlée d'admiration sur son visage. J'articule en silence *oh mon Dieu.*

— Combien d'hectares avez-vous ?

— Six. La parcelle mitoyenne qui est à vendre doit en avoir quatre. Et la maison est encore plus spectaculaire, dit Joe avec de gros sabots.

— Je suis sûre que tout le monde meure de faim et prendrait bien une boisson fraîche, dit Suzy quand le SUV se gare lentement.

Pleine d'espoir, je demande :

— Du thé glacé ?

Chicago est réputé pour sa cuisine, mais le thé glacé qu'on y sert n'a rien à voir avec la version originale du sud.

— Bien sûr, répond-elle en gloussant. J'en ai préparé un spécialement pour toi.

— Je dois être arrivée au paradis !

J'exagère mais ça m'est égal. Je suis aux anges d'être dans le sud, au soleil et avec toute la famille à nouveau réunie.

Tout le monde sort rapidement de la voiture. Les enfants se mettent à courir partout dans le jardin. Tante Maria et tante Fran nous attendent sur le perron et surveillent les petits.

— Cet endroit est incroyable, dit Lucio en détachant Lulu du siège auto pour la poser sur la pelouse. Ils vous ont dit qu'on devrait venir vivre ici ?

Angelo acquiesce.

— Le sujet a été évoqué…

— Je pense qu'on devrait le faire. Si on attend, on finira par être trop vieux pour tout lâcher et venir dans le sud.

— Mais… et le bar ? demande Angelo quand nous remontons l'allée vers la maison.

— On peut le vendre, répond Lucio en haussant les épaules. Tu as vraiment envie d'être barman toute ta vie ?

— Il faut qu'on tienne compte de Vinnie et Leo, dit Angelo.

Mes épaules s'avachissent un peu. Je sais qu'on ne peut pas les abandonner là-bas et je ne suis pas sûre que Vinnie puisse facilement déménager maintenant qu'il est joueur professionnel dans l'équipe de Chicago. Et puis, il y a Leo avec son empire hôtelier dont les quartiers généraux se trouvent à Chicago…

— Vinnie ne travaille pas toute l'année, répond Lucio, et la plupart des joueurs n'habitent pas à Chicago de toute façon. Leo, c'est lui le patron, les quartiers généraux peuvent déménager avec lui ou bien il peut aussi travailler principalement à distance. Il est déjà souvent en dehors de la ville. Ça ne lui changerait pas la vie tant que ça.

— Parlons-en plus tard en famille, dis-je aux garçons parce que c'est une décision à prendre tous ensemble.

J'ai appris ce fonctionnement auprès des Gallo. Ils ne prennent aucune décision importante de façon individuelle. Ils sont un tout indissociable.

Quand l'un d'eux ouvre la marche, tout le monde suit.

CHAPITRE 23
ANGELO

JE ME FAUFILE sous les draps et me colle tout contre ma femme.

— Les enfants sont endormis ? demande-t-elle.

Je passe ma main autour de sa taille pour la poser ensuite sous sa poitrine.

— Oui, dis-je en collant ma bouche contre son cou avant de passer ma langue sur sa peau douce.

Je fais glisser mon pouce sous le galbe de ses seins.

— Et s'ils se réveillent ?

Sa voix est basse et fiévreuse tandis qu'elle pousse ses fesses contre mon sexe tout dur.

— Ils n'ont pas fait la sieste et entre le voyage et l'excitation, aucun d'entre eux ne se réveillera avant un bon moment.

Elle se tourne sur le dos et lève les yeux vers moi dans la faible lueur émise par la télévision.

— Et s'ils nous surprennent ?

Ce que j'aime cette femme…!

— Ma belle, dis-je avec un sourire en coin. Vivons dangereusement.

Mon regard tombe sur ses lèvres généreuses tandis qu'elle mordille celle du bas.

— Détends-toi un peu. Débranche ton cerveau, lui dis-je.

— Ils pourraient se réveiller et nous voir.

Je quitte le lit et me dirige vers la porte qui sépare notre chambre du salon où nos trois enfants dorment profondément. Je la ferme sans faire de bruit et la verrouille. Quand je me retourne, je surprends Tilly qui mate mes fesses nues.

— Tu as vraiment un cul incroyable. Ce n'est pas juste.

— Et toi tu as des seins encore plus impressionnants, alors tu peux parler, dis-je en me glissant à nouveau à ses côtés dans le lit.

Je tire sur le drap pour dénuder son corps. Elle remue ses seins sous mon nez, bien consciente de l'effet que ça a sur moi.

— Tu aurais l'air malin avec ça.

Je l'attire de mon côté en l'attrapant par la taille. Je fais glisser un doigt entre ses seins, ratissant sa peau de haut en bas sans la quitter des yeux.

— Ils sont déjà à moi. Sans aucun doute.

— Mon amour, dit Tilly en prenant mon sexe dans son poing. Je veux te sentir en moi.

Mon corps tressaute à chaque caresse et moi aussi, j'ai besoin d'être en elle.

— Tu ne veux pas qu'on prenne notre temps ?

J'effleure son téton du bout de mon doigt. Ses yeux s'assombrissent et elle s'agrippe à moi.

— Viens entre mes cuisses.

En bon mari que je suis, j'obéis. Je me glisse entre ses cuisses et surplombe son corps nu en la regardant sous moi. Je la nargue en tenant mon sexe tout juste hors de portée et je demande :

— C'est mieux ?

Elle n'a pas l'air amusée du tout.

— Angelo.

— Ma belle.

Mais dès qu'elle ouvre la bouche pour se plaindre, je me penche et aspire son téton entre mes lèvres, la réduisant au silence.

Elle enfonce ses doigts dans mes cheveux et griffe mon crâne avec ses ongles, me donnant la chair de poule. Quand je la suce plus fort en prenant le bout tendu de son sein plus profondément dans ma bouche, elle se met à gémir. J'adore sa façon de prononcer mon nom et de me griffer quand je lui fais l'amour.

Elle m'entoure avec ses jambes et plante ses talons dans mes fesses.

— Baise-moi, murmure-t-elle.

Fini les conneries. Je ne vais pas tourner autour du pot. Quand on a trois enfants endormis dans la pièce d'à côté, il n'y a pas de temps à perdre. Je veux faire l'amour à ma femme sans plus attendre.

Je pousse légèrement mes hanches et ses jambes tombent sur les côtés, s'ouvrant à moi. Centimètre par centimètre, je me glisse en elle jusqu'au bout. Elle attire mon visage à elle et appuie ses lèvres contre les miennes avant de m'embrasser profondément. Pas seulement

265

profondément, mais avec tellement de désir et de fièvre que je peux sentir son goût sucré.

Je fais des mouvements lents mais puissants tout en prenant garde à ne pas faire trop de bruit, parce que si l'un des enfants se réveille maintenant, tout sera fichu. Je ne peux pas courir ce risque. L'espace qui nous sépare d'eux n'est pas assez grand et les murs ne sont pas assez épais pour que je puisse vraiment me lâcher, alors je me contrôle.

Une main dans mes cheveux et l'autre sur mes fesses, Tilly me tire vers elle à chaque fois que je ressors pour me faire revenir en elle. Une poussée après l'autre, nous en arrivons à être couverts d'une fine pellicule de sueur. Haletant bouche contre bouche, nous sommes au bord de la transe. Puis, je pousse plus fort pour faire décoller son corps comme elle aime. Mais ça ne va pas. Ce n'est pas assez pour la faire jouir. Je connais suffisamment son corps pour savoir quand elle s'éclate et quand je touche au bon endroit, et là ce n'est pas le cas.

Ce lit nous gêne. Devoir rester silencieux n'aide pas et il ne reste plus qu'une chose à faire. Je glisse un bras dans son dos et l'entraîne au sol en la portant contre moi sans cesser de l'embrasser.

Elle se retrouve sur mes genoux, mon sexe toujours profondément enfoncé en elle, quand je murmure contre ses lèvres :

— Baise-moi, ma belle. Baise-moi fort.

On n'a plus besoin d'y aller doucement et calmement quand on est par terre. Il n'y a plus de tête de lit qui grince ou de matelas bruyant qui puisse réveiller les enfants pour les faire interrompre notre plaisir avant qu'on s'en soit rassasiés.

Tilly ne perd pas de temps. Elle s'arc-boute et se met à me chevaucher comme si elle faisait du rodéo sur le taureau le plus sauvage de l'arène. Ses lèvres ne sont plus sur les miennes. Elle est à bout de souffle, la bouche ouverte, et s'empale sur moi à un rythme tellement effréné que je ne peux rien faire d'autre qu'admirer sa beauté et profiter du voyage.

J'ai mal aux fesses sur la fine moquette qui recouvre la dalle, mais il n'y a aucune chance que j'arrête Tilly dans son élan. Le plaisir que je ressens compense la douleur. Rapidement, elle se met à gémir la bouche fermée alors que je referme mes lèvres autour de son téton pour la faire basculer dans l'orgasme. Je la suis et jouis en tremblant, à bout de souffle. Elle relâche sa tête contre mon épaule et je passe mes bras autour d'elle, collant nos corps transpirants l'un contre l'autre. Je ne sais pas combien de temps nous restons assis comme ça, corps contre corps, trempés, planant, mais suffisamment longtemps pour que mes jambes soient complètement engourdies même si je ne me plains plus des fesses.

— Tu aimerais vraiment vivre ici ? demande-t-elle en rompant le silence.

— Et toi ?

Je me fiche complètement de l'endroit où je vis. Ma famille est tout ce dont j'ai besoin. Je pourrais me retrouver au milieu de nulle part, tout irait bien dès lors que j'aurais ma femme et mes enfants à mes côtés.

— Le sud me manque, dit-elle à voix basse en tournant sa tête jusqu'à ce que ses lèvres soient dans mon cou.

— Si c'est le sud que tu veux, tu l'auras.

— Mais il y a le bar, et la pâtisserie marche vraiment bien maintenant.

— On peut les vendre et recommencer autre chose ici, quelque chose ensemble si tu veux.

— Ce n'est pas une décision à prendre à la légère.

Je la serre contre moi et effleure son épaule avec mes lèvres.

— Tu choisis et je te suis. Tout ce qui m'importe, c'est d'être avec toi ma belle.

Elle se penche en arrière, décollant son épaule de mes lèvres.

— Tu penses que les autres déménageraient aussi ?

— Je ne sais pas, dis-je en haussant les épaules. Ils en ont parlé chez Joe. Personne ne s'y est opposé catégoriquement. Ils sont sûrement tous en train d'en parler en ce moment dans leurs chambres, comme nous.

— Les enfants adoreraient vivre ici, dit-elle en soupirant. Mais ce serait une telle organisation… Déplacer une famille entière est une entreprise périlleuse, ça comporte des risques.

— Mon cœur, on a plein d'argent. Même si on restait des années sans travailler, on vivrait toujours aisément. On peut engager des déménageurs, vendre les commerces et se faire la malle avant que les choses empirent.

Je fais allusion à la violence dans la ville. Avant, c'était à cause de la mafia que ça tirait partout dans les rues de Chicago. Maintenant, c'est une histoire de gangs. Tant de passants innocents se font tuer, ça me fait mal au cœur. Je n'ai pas du tout envie que mes enfants grandissent dans un endroit si dangereux qu'ils ne pourront pas jouer dehors ni vivre une enfance normale.

— On verra ce que tout le monde en pense demain. J'ai le pressentiment qu'après l'hiver pourri qu'on a eu, ils seront tous prêts à quitter la ville. Je ne vois pas beaucoup d'inconvénients à vivre ici.

— Il y a des ouragans, dit-elle en grimaçant. Ils peuvent être horribles aussi. Il n'y a pas grand-chose d'aussi flippant que ces vents incessants.

— Au moins tu peux les voir arriver, pas comme une balle perdue tirée par un abruti.

— Tu marques un point.

— On n'a pas besoin de prendre une décision ce soir. On peut réfléchir tranquillement à quel avenir on aimerait avoir. Il s'agit d'une affaire familiale et quelle qu'en soit l'issue, tout m'ira tant que je serai avec toi et les enfants.

Quand je dis ça, elle sourit.

— Maintenant, je veux m'endormir contre ma femme.

— Mon cœur, dit-elle en touchant ma joue, je ne peux pas dormir toute nue à l'hôtel et tu sais bien que le bébé va se réveiller. Donc, tu auras droit à un peau à peau de jambes avec éventuellement un bras nu, mais rien d'autre.

— Je déteste les hôtels, dis-je en grommelant dans ma barbe.

Elle se détache de moi et va ouvrir sa valise pour en sortir un grand tee-shirt et une culotte.

— C'est juste pour une semaine. Tu t'en remettras.

Je me jette sur le lit et place un bras sous ma tête. Je fais traîner mon regard le long de ses jambes musclées.

— Tu es belle dans mon tee-shirt, ma douce…

Elle se blottit contre moi, la tête posée sur mon épaule et sa main sur ma poitrine.

— Ne vous faites pas d'idées, monsieur.

De mes doigts, je caresse son bras posé sur mon torse.

— Dors ma belle. Je ne me faisais pas d'idées, je faisais simplement un compliment à ma femme parce que je suis l'homme le plus chanceux de la planète.

Elle renverse la tête et sourit.

— Je t'aime.

— Je t'aime aussi, dis-je à mon tour avant de me pencher pour l'embrasser. Dors maintenant.

Elle sombre dans le sommeil à peine quelques minutes plus tard. On dirait presque une narcoleptique depuis la naissance du bébé. Elle est exténuée à force de vouloir à la fois travailler à la pâtisserie, décrocher la médaille de la meilleure mère et mettre en place une nouvelle routine qui tourne autour de trois enfants au lieu de deux.

Je pense qu'un déménagement dans le sud où la vie est plus douce et calme est exactement ce qu'il nous faut. Je suis sûr que ma femme s'épanouirait ici. Elle pourrait se détendre et peut-être profiter un peu plus de la vie.

CHAPITRE 24
TILLY

SURPRENANT IZZY à l'angle de la maison qui guette l'allée, je lui demande :

— Qu'est-ce que tu fais ?

Elle me lance un coup d'œil un instant avant de reporter son attention vers l'avant de la maison.

— Je veux assister au feu d'artifice.

Je me penche à ses côtés pour jeter un coup d'œil et découvre Gigi face à un garçon que je présume être Keith même si je ne l'ai jamais rencontré. Ils se tiennent dans l'allée. À voir la façon qu'elle a de balancer les bras en l'air et l'expression sur son visage à lui, je ne pense pas qu'ils échangent des mots doux.

Keith est beau gosse. Il a le look du parfait surfeur, avec des cheveux souples qui lui tombent devant les yeux, un beau bronzage et une carrure de nageur. Mais bien qu'il soit agréable à regarder, d'après ce que je sais de lui, c'est un parfait connard.

— Ça y est, chuchote Izzy immobile, sans quitter le couple des yeux. Elle jette enfin ce vaurien.

J'ouvre de grands yeux.

— Mais c'est la fête pour sa remise de diplôme ! C'est trop triste…

Je n'aurais pas aimé perdre mon petit ami un jour pareil où la famille et les amis sont là pour célébrer l'événement.

— Tilly, ce n'est pas triste, chuchote-t-elle.

Je réponds moi aussi à voix basse :

— On devrait peut-être leur laisser un peu d'intimité.

— Chut, je n'entends rien.

J'imagine que l'intimité n'existe pas de ce côté de la famille, ce qui ne diffère en rien du reste de la famille du côté d'Angelo. Tout le monde se mêle des affaires des autres. Les secrets sont rarissimes et si on dit à voix haute quelque chose de personnel, mieux vaut le faire chez soi et non pas lors d'un repas de famille ou au bar où l'on a de grandes chances d'être entendu.

Gigi avance pour se planter sous le nez de Keith.

— Je t'ai vu, putain ! Ne me mens pas ! hurle-t-elle.

— T'as vu que dalle ! crie-t-il en retour le regard plissé.

— Oh merde, dit Izzy et mes poumons se dégonflent.

Quel bordel pour ces gosses… Ils ont beau avoir dix-huit ans et être jeunes diplômés, ils n'en sont pas moins des gamins sans grande expérience.

— Je ne peux pas voir ça, dis-je à voix basse en faisant un pas pour m'éloigner, mais Izzy me rattrape par le poignet.

— Elle peut avoir besoin de renforts.

— On devrait peut-être aller chercher son père.

— Non. Pas d'homme.

Gigi plante ses poings sur ses hanches.

— J'en ai marre, Keith. Nous deux, c'est terminé. On allait se séparer bientôt de toute façon. Faisons-le dès ce soir. Je n'ai vraiment pas besoin d'avoir à mes côtés quelqu'un qui ment et qui me trompe.

— Je ne t'ai pas trompée, putain, et je ne suis pas un menteur, aboie-t-il.

— Ils n'ont pas leurs langues dans leurs poches, dis-je à mi-voix, ce qui me vaut un regard noir d'Izzy.

Quand Keith tente d'attraper son bras, Gigi esquive son geste. Tout son corps fait une torsion et sa main part en arrière pour s'élancer et finir en plein visage de Keith. La tête du garçon vire sur le côté. Il met un moment avant de regarder Gigi à nouveau, mais lorsqu'il le fait, il est plein de haine et de colère.

— T'es qu'une salope à deux balles, Gigi, hautaine et arrogante avec ta virginité immaculée, madame la Sainte-Vierge ! Qu'est-ce que tu croyais, putain ? Que j'allais t'attendre ? Je suis un homme, bordel, j'ai des besoins !

J'écarquille les yeux.

— Oh mon Dieu.

— Sans déconner, murmure Izzy en commençant à marcher vers eux, mais cette fois c'est à mon tour de la retenir.

— N'y va pas. Attends. Peut-être qu'on devrait la laisser gérer ça.

Izzy secoue la tête.

— Tu as raison. C'est une sacrée nana. Elle sait se battre, elle peut se défendre contre des crétins comme lui.

— Je suis tellement contente de ne pas avoir couché avec toi, Keith. J'espère que tu seras heureux avec Amber.

Tu ne mérites pas ma virginité. Un jour, tu te retourneras et quand tu comprendras que tu es passé à côté de ce qui aurait pu t'arriver de mieux à cause de ton caractère de connard manipulateur et auto-centré, il sera trop tard.

Keith se met à rire en se tenant les côtes.

— La seule chose que je regrette, c'est de ne pas avoir quitté ton petit cul de prude plus tôt.

— Que se passe-t-il ? demande Suzy en arrivant par derrière pour se glisser près de nous.

On fait un bond.

— Tais-toi, chuchote Izzy. Elle est en train de plaquer Keith.

— Enfin, marmonne Suzy. Je déteste ce p'tit con.

Keith a un sourire narquois.

— Je veux dire… Ça ne m'a pas empêché de baiser toutes les nanas que je voulais, mais ça aurait été plus simple si tu ne m'avais pas collé H vingt-quatre.

Gigi porte une main à sa poitrine et s'avance vers lui, mais il recule.

— Moi, j'étais la pot de colle ? demande-t-elle avant de marquer un temps d'arrêt. Tu te fous de moi, non ? dit-elle d'une voix plus forte, sa colère flambant à nouveau. Répète un peu ça si tu l'oses, Keith.

Suzy saisit mon bras et le serre si fort que je vais sûrement avoir un bleu d'ici demain.

— Oh mon Dieu, murmure-t-elle.

Keith plisse les yeux et retrousse sa lèvre supérieure.

— Tu n'es qu'un pot de colle et une salope.

Là, sous mes yeux, Gigi se transforme en *Karaté Kid* et balance au gamin un coup de pied dans les couilles comme si elle avait fait ça toute sa vie. Il tombe à terre comme un sac de patates, en se tenant le paquet, puis roule au sol en braillant.

— J'espère que tu apprécieras de baiser Ambre ce soir avec une queue pétée, fils de pute, grince-t-elle en se dressant au-dessus de lui.

— Je ferai comme si je n'avais rien entendu de tout ça, dit Suzy et elle s'emmêle les pieds comme si elle ne savait pas par où partir.

Je sais que tout le monde dit qu'Izzy peut être vraiment redoutable, mais je pense que Gigi peut l'être tout autant. Cette fille n'a peur de rien et n'a eu aucun mal à mettre à terre un type plus balèze qu'elle.

— Mes leçons lui ont bien profité, commente Izzy avec un sourire sur le visage. Courez, dit-elle en nous chassant quand Gigi commence à s'éloigner de Keith, le laissant se tordre en tous sens comme une merde.

On dirait un animal blessé, à l'entendre continuer de gémir ainsi. Je pense que le coup qu'elle lui a donné l'empêchera de s'amuser avec Ambre ou avec qui que ce soit avant très, très longtemps.

Nous traversons toutes les trois le jardin d'un pas rapide en direction du buffet pour faire semblant de s'intéresser à la nourriture.

— Hey, dit Gigi d'une voix calme, je crève de faim.

Elle choisit une mini quiche sur la table et la fourre dans sa bouche.

— C'est trop bon, dit-elle en grognant de plaisir les yeux fermés.

Je ne peux pas m'empêcher de la regarder bouche bée. Je viens de voir cette toute jeune fille mettre un homme à terre et la voilà qui mange des mini quiches en faisant comme si de rien n'était.

— J'ai quelque chose sur le visage ? demande-t-elle la bouche pleine en nous regardant toutes les trois.

— Non. Pourquoi, ma puce ? demande Suzy.

— Vous me regardez toutes bizarrement…

Izzy saisit une assiette en essayant de détourner ses yeux de Gigi, mais elle ne peut pas s'empêcher de sourire.

— C'est parce qu'on est contentes. Aujourd'hui est un grand jour pour toi.

— Plus que vous n'imaginez, répond Gigi en empilant des mini quiches dans la paume de cette même main qui a giflé Keith en plein visage.

Ce petit enfoiré a bien mérité son sort. Il aurait même mérité pire. Si Joe avait entendu les insultes que ce gamin a dites à sa fille, Keith ne serait plus de ce monde à l'heure qu'il est.

Gigi dévisage sa mère.

— Ma, tu me fais flipper.

Suzy prend sa fille dans ses bras et la serre contre elle.

— Je suis juste si fière de toi, Gigi. Tellement fière…

Gigi l'entoure d'un seul bras parce qu'elle a toujours son autre main pleine de quiches.

— C'est juste un diplôme, Ma, il n'y a pas de quoi en faire toute une histoire. Ce n'est pas comme si j'avais guéri d'un cancer ou un truc du genre.

Les yeux de Suzy brillent au soleil quand elle se détache de sa fille.

— Je sais.

Son visage se contorsionne en un sourire douloureux quand elle essaye de refouler ses larmes.

— Viens ma p'tite, allons voir le buffet des desserts, dit Izzy en entraînant Gigi. Ta mère a besoin d'un peu de temps pour se remettre de ses émotions.

— Elle est toujours un peu à côté de la plaque, tatie, répond Gigi en riant avant d'enfourner une autre quiche dans sa bouche.

— J'ai été nulle à ce point ? me demande Suzy.

— Non, dis-je en haussant les épaules. Tu n'as pas été nulle. J'aurais été pire.

Je n'ai pas encore été capable de bouger ni de dire deux mots. Je suis encore sous le choc de ce qu'il vient de se passer.

— Maman, maman ! appelle Tate en courant à travers le jardin, un cupcake dans chaque main. Ils ont des cupcakes ici ! dit-elle en les levant vers moi pour me les montrer.

— N'en mange pas trop, ma chérie, sinon tu auras mal au ventre.

Elle secoue la tête.

— Promis, ment-elle.

Cette fille est un ogre et je sais bien que quoi qu'elle en dise, la gourmandise l'emportera sur sa volonté.

— Je vais les montrer à papa, dit-elle avant de décamper vers l'autre bout du jardin.

— Profite de cet âge-là, me dit Suzy en séchant ses larmes. Bientôt, elle sera en train de mettre un coup de pied dans les couilles de son propre Keith.

Je la regarde un instant avant d'éclater de rire. J'imagine ça facilement. Oui, c'est sûr, je vois bien cette petite fille accro aux cupcakes mettre son genou dans les couilles d'un petit con qui lui aurait manqué de respect.

Les petites filles apprennent comment elles doivent être aimées en regardant comment leur père se comporte. Quand on sait comment Angelo est avec Tate, il ne fait aucun doute qu'elle connaîtra sa valeur et ne se laissera pas amadouer par le premier venu, surtout par un minable de l'acabit de Keith.

— Du moment qu'elle apprend à se battre comme Gigi, je pense qu'on n'a aucun souci à se faire, dis-je à Suzy en crochetant mon bras au sien avant d'ajouter en souriant : Je pense qu'un petit verre de vin ne nous ferait pas de mal.

Elle se met à rire.

— Aujourd'hui est un grand jour. Ma petite fille est célibataire et quitte le lycée.

— Maintenant, elle va aller à la fac.

Suzy arrête de marcher.

— Oh Ciel, je n'ose même pas l'imaginer au milieu des garçons de l'université.

— Je pense qu'elle s'en sortira très bien, ma chérie. Elle a tous ces hommes, dis-je en remuant la main vers le jardin, pour lui montrer comment se défendre et elle a la tête sur les épaules. Je pense qu'elle se débrouillera parfaitement à la fac.

Suzy acquiesce en avançant à nouveau.

— Tu as raison. Ma fille sait vraiment comment botte un derrière, hein ?

— C'est une Gallo, dis-je en souriant.

Ça a vraiment pris tout son sens. Plus de sens que je l'aurais cru quand j'ai rencontré Angelo au début. Ils ne sont pas qu'une famille. Ils ont leur propre art de vivre. Ils sont :

Fiers,

Forts,

Rebelles,

Dominants,

Courageux,

Loyaux.

Je fais partie de quelque chose de plus grandiose que tout ce que j'ai connu auparavant dans ma vie.

ÉPILOGUE

ANGELO

LUCIO SE REDRESSE et parcourt le bar des yeux.

— Tu penses qu'on devrait déménager ?

Je suis son regard et contemple tout ce qu'on a construit ensemble. Ce sont mes parents qui ont ouvert ce bar, bien sûr, mais depuis qu'on l'a repris, le commerce prospère, et si je ne vois plus Accro & Tumulte comme leur bar c'est parce que maintenant, il est à nous.

— Je ne sais pas quelle est la bonne réponse à cette question, Luc.

Daphne boit une gorgée de son whisky avant de soupirer longuement de façon exaspérée.

— Chicago, c'est mon sang. C'est chez moi. Si vous voulez déménager dans le sud, les gars, allez-y. Moi, je ne me sens pas encore prête à abandonner la crasse et la grisaille. En plus, ils font des pizzas dégueulasses là-bas, et n'ont aucune bonne boulangerie. Il n'y a pas de Chinatown, pas de Greektown… et j'ai déjà mentionné leurs pizzas merdiques ?

— Deux fois, dis-je en souriant.

— Je suis sous contrat pendant encore deux ans, dit Vinnie en haussant les épaules, et la famille de Bianca est ici. Je ne peux pas lui demander de les quitter pour que mon cul soit au soleil. En plus, son père me dévisserait la tête si j'emmenais sa princesse et notre bébé loin de lui. Je ne peux pas lui faire ça.

Lucio remet une tournée.

— C'est vrai. Mais on pourrait acheter une méga maison secondaire là-bas. On pourrait prendre plus de vacances, surtout avec les enfants. Avec Pop et Ma qui font déjà les oiseaux migrateurs en hiver, on a d'autant plus de raisons de descendre dans le sud pour échapper à la neige pendant la saison froide.

— Ça c'est une idée qui m'irait, dit Daphne. Je ne peux pas quitter tout ça, ajoute-t-elle en regardant la salle avant de porter son verre à ses lèvres.

Je regarde le beau visage de ma sœur et demande :

— Ça... Le bar ?

— Ça, répond-elle en remuant la main devant elle, vers nous, renversant presque son verre. Nous.

Je souris, parce que je ne peux pas envisager de me passer de *ça* moi non plus. Accro & Tumulte n'est pas juste un bar ou notre business ; c'est une histoire de famille qu'on a construite ensemble. Pas un jour ne passe sans que je ne vois mes frères ou ma sœur. On a grandi ici, bon sang. C'est autant notre maison que lorsqu'on passe la porte de l'appartement de nos parents à l'étage.

— J'ai envie que nos enfants connaissent *ça* eux aussi. C'est important qu'ils soient proches, plus comme des frères et sœurs que comme des cousins.

— Ils le sont déjà, dit Daphne. Je sais bien que le

temps est pourri ici et que cette ville n'est pas l'endroit le plus sûr au monde, mais c'est chez nous et ça le sera toujours.

Tilly passe la porte d'entrée et se fraye un chemin à travers la foule pour atteindre notre table.

— Désolée pour le retard, dit-elle en se penchant pour m'embrasser sur la joue.

— Ma belle, dis-je en attrapant son poignet avant qu'elle ne puisse s'asseoir, et si tu m'embrassais vraiment ?

Elle lève les yeux au ciel mais me donne ce que j'attends depuis des heures.

— Où sont tous les autres ? demande-t-elle en retirant son manteau, distraite.

— Ils arrivent. Il y a des embouteillages terribles, alors ils sont bloqués sur la route.

— Il y a au moins vingt centimètres sur les trottoirs et personne n'avait prévu une neige pareille.

— Ça, c'est elle qui le dit, ajoute Lucio en riant.

— Tu es bête et de toute façon, répond Daphne avec un sourire narquois, vingt centimètres, ce n'est pas si impressionnant.

Ses yeux s'assombrissent.

— Je n'ai pas envie d'entendre parler de ta vie sexuelle, Daphne.

— On est là, dit Bianca qui apparaît devant notre table avec Delilah. C'est la merde dehors.

Elles embrassent leurs maris respectifs avant de s'asseoir avec nous. Il ne manque plus que Leo, mais il est bloqué à l'hôtel à cause de cette saleté de tempête de neige tardive.

— Je devrais peut-être aller voir comment vont les enfants, dit Delilah avant même d'avoir fini d'enlever son manteau.

— Il vont bien, ma belle. Christine les surveillent pendant qu'ils jouent.

Depuis que nos parents quittent la ville jusqu'au printemps, on a embauché une babysitter pour s'occuper des enfants là-haut pendant qu'on travaille et elle ressemble plus à une vraie nounou.

— Bénie soit Christine, dit Delilah.

Je passe un bras derrière le dossier de la chaise de Tilly et l'attire vers moi.

— Tu vas bien, ma douce ?

— Je ne pourrais pas aller mieux, répond-elle avec un sourire épanoui. Que pourrait-il me manquer ? J'ai un bon mari, une famille géniale et tout l'amour du monde.

Elle a raison. Quelle importance qu'il fasse froid dehors et que la neige tombe tellement drue que bientôt les routes seront impraticables quand j'ai tout ce dont j'ai toujours rêvé…?

Je ne pourrais pas être plus riche. Je ne parle pas de fortune, mais d'amour. Un homme n'est rien sans sa famille, sans l'amour d'une femme bienveillante et la santé de ses enfants.

Le chemin pour en arriver là n'a pas été sans heurts, mais au bout du compte, mon esprit est en paix. Mon cœur est comblé et le temps suit son cours, pendant que je me délecte des bontés de la vie.

MEN OF INKED : TOUT FEU TOUT FLAMME

Tome 1 - Flamme

Tome 2 - Brûler

Tome 3 - Fournaise

Tome 4 - Brasier

Tome 5 - Chaleur

Tome 6 - Étincelle

… et plus de chaleur à paraître.

Chelle est une écrivaine à temps plein éprise de légèreté, accro aux réseaux sociaux et au café. C'est une ancienne professeure d'histoire.
Vous trouverez plus d'informations sur les livres de Chelle sur menofinked.com.

Recevez ma newsletter en vous inscrivant sur
menofinked.com/french

Rejoignez mon Groupe de Lecteurs Privé sur Facebook :
facebook.com/groups/blisshangout

Vous souhaitez m'écrire quelques mots ?

facebook.com/authorchellebliss1
instagram.com/authorchellebliss
bookbub.com/authors/chelle-bliss
goodreads.com/chellebliss
tiktok.com/@chelleblissauthor
amazon.com/author/chellebliss
pinterest.com/chellebliss10